U0898762

我只是女子

戴萍 著

译林出版社

图书在版编目（CIP）数据

我也只是女子 / 戴萍著. —南京：译林出版社，2015.7

ISBN 978-7-5447-5477-4

Ⅰ.①我… Ⅱ.①戴… Ⅲ.①随笔－作品集－中国－当代 Ⅳ.①I267.1

中国版本图书馆CIP数据核字（2015）第106108号

书　　名 我也只是女子
作　　者 戴　萍
责任编辑 王振华
特约编辑 刘文硕
出版发行 凤凰出版传媒股份有限公司
译林出版社
出版社地址 南京市湖南路1号A楼，邮编：210009
电子信箱 yilin@yilin.com
出版社网址 http://www.yilin.com
印　　刷 三河市华润印刷有限公司
开　　本 787×1092毫米　1/32
印　　张 6.5
字　　数 109千字
版　　次 2015年7月第1版　2015年7月第1次印刷
书　　号 ISBN 978-7-5447-5477-4
定　　价 20.00元

目录 Contents

小世界，大自由（代序）

张抗抗

20 世纪 80 年代末，戴萍热衷写小说。曾在一次聚会上偶遇这个来自江南的女孩，至今记得那双妩媚的大眼睛，闪着诗性的灵气与清纯。

后来她去了香港，当记者，写各种采访文章，也写专栏。20 世纪 90 年代，我曾在港岛与朋友和她一起喝咖啡，见她的眼里沉淀了海水般的深蓝色。

很多年过去，她由港岛返回北京，已是人到中年。

生活依旧。仍是安静自在，一个读书、写作的女人。

这本名为《我也只是女子》的新书，汇集了作者近年在《明报》陆续发表的专栏文章——有关爱情，有关城市，有关历史，有关现实，种种纷繁世相，滴滴人生感悟，浓缩为每篇七百字的短章。而今集腋成裘，海滩拾贝，融汇成一本完整精致的小书。

戴萍的文字简约轻巧，有着诗的精粹、词的弹性、赋的严谨。无论是风花雪月之美，还是风霜雨雪之酷，行文风格一派从容淡定，一层层意思严密相扣。左闪右转，寥寥几笔，已将意思点透，温情而又沧桑。

不由想起中国的拳术，一上一下，一开一合，一收一放，一拳一脚，肢体无论怎样纵横腾跃，那内在的精气神终是聚拢不散的。本书正好似这样一种有“内功”的文章集录。这内功除了文学的语言文字功底，还有作者的社会分析和哲学思维能力。所见所议，不止于记述街淡巷议的俗事，而是不露痕迹地表现出作者的文化趣味与生活情调，作出其个性化判断。

戴萍笔下的每一小篇短文，都有一个精准的点题。婉转而又锋利，常有点穴和点睛的神来之笔。

可谓作者的造化。

作者当过记者，也写文学性的小说，这两项专长杂糅，令她擅长超越和提取。每一篇专栏文章中，既有着记者阅历对现实的殷殷关注，也有文学作者的机趣和智性表达。因而，读者尽可把此集子看成一个感性或聪明女人的内心独白，她记录并评述了我们生活中正在发生的故事。从零碎琐杂的身边小事到时代风云的大事件，好读，易解，言语间常令人有心领神会、畅快淋漓之感。

近年来，内地的报刊专栏文章鹊起，此类文章在21世纪前似被称为杂文。历史上的杂文时评针砭时弊，嬉笑怒骂不拘一格，曾拥有众多读者。如今一部分杂文以“专栏”形式变身，更可小至百字“微博”，如蛛网在空中密布。由此可知，小文章中有大自由，小短文可有大作为，小结构内藏大世界。戴萍的这部集子，为我们提供了赏析与借鉴“由小而大”的机会。

婉　约

在书局路过《林徽因文集》，端详封面照片。

并不至于就将书买了去，只是照片上，林徽因有着一副耐人寻味的容颜，我不禁要说:这就是婉约了。

“婉约”一词在时尚媒体已被用滥，如“打造婉约美女”或“风范婉约”等，其实那况味只在从前才觅得见。照片上林徽因剪着简单的短发，五官并不是刻意精致，意韵是个黑白清远。其实无论是林徽因，还是其他民国女子，那一帖帖黑白照片都是被时光的水墨画色洇染了的，而呈现化繁为简的质地，这婉约便在简中。

林徽因是个才女，一个“才”字加身，这婉约便如玉器叮当作响的都在她的诗文里了。

婉约应该是幼承庭训的厚积薄发，你至少要生长在书香门户，善于感悟“杨柳岸晓风残月”或“良辰美景奈何天”之类，也可以说，在中国传统文化的根基上，才能绣出婉约这朵暗花。而林徽因的婉约，似见另一重人性的妩媚的。大抵民国时期是一个特别的新旧交汇点，传统文化仍然留存，西风入侵。颇有家世的林徽因，年少便得以游学欧洲，那一份婉约从她身上传达出来，不尽是温厚节制，而是有了开明与风流。

那风流是用来惹人遐思的，而不是乱性，恰如民国时期的时尚旗袍，一袭开叉处只是个若有若无。婉约便是见好就收，而不是如当代美人动不动要蹦出门户去，要让大家都看得到。

据某人写文章说，有一次见林徽因坐轿子上九华山去，惊为天人，想来这场景要是被放在奔驰快车中，况味便不同了吧。

头发的故事

女人剪去长发，也是剪去一段情丝。失败无望的爱情，纠缠伤痛的爱情，都往往令女人要挥刀而向，当然犯不着自残或伤人，而只有头发是合适目标了。歌中也唱道："剪短我的发，剪断了牵挂，那一寸一寸间都是挣扎。"

这心理暗示作用还是不可小觑的，果然，男人在落发中七零八碎，生活又变得清爽些了，和短发的趣味一致。甩着一头崭新的短发，便又年轻几分，洒脱几分。一个长发的时代在快刀斩乱麻中宣告结束，女人的面容在短发中有了鲜明坚毅的轮廓，那是留给另一个逸事的。

而她曾经是何等柔情万端，长发便是明证了。长发令她的脸庞忽隐忽现着，顾盼中有了神秘性，也令初恋男人的手在头上抚摸时有了延伸处。正是长发衬托着她青春期的摇曳生姿，其间像有一个悠远的未来可供开拓似的，她对爱情永恒性的神往，都寄寓在头发的长度中了。

她又投入新关系，并有了结果，丈夫喜爱的正是她短发的姿态。

这是人生的下半场。然后，我们发现，女人的头发悄然又留长了。

短发变长发是要经过一个折磨期，因为头发半长不短地支叉在脖子上最难打理，需要忍受和耐心。而这些她都克服了，她的长发也象征了一种对婚姻闷局的反抗，以及要寻求新的安慰的心理。

她用不再光亮可鉴的长发做掩饰，向外面的男人们抛媚眼，却是回应寂寥，只因为她老了，长发风情变成多余。

因此，她不免要用一枚蝴蝶簪将长发绾起髻来，也是要将岁月绾住。

截拳道

被友人约见竟在武术健身馆，到门口往里张望，一伙人在练习截拳道。

张望间似乎看了一场电影，在李小龙电影《精武门》中，当他被人用“剪刀腿”夹住了头，无法动弹，便用嘴咬了对方一口，这也是截拳道的核心所在了，无招胜有招，法无固定，这一套用来训练思维意志，也是有效。在截拳道馆门口待了十分钟，至少理解了几点：

一、应该重实际而不为既定的形式所局限。形式是牢笼，令你无法适应真实情况和变化。

二、没有了形式，你才能拥有所有的形式。当内心无所僵结，则外在的一切自会敞开显现；当一个人没有了风格，你才能适应所有的风格。

三、在整体的战斗中并没有所谓标准，发挥的方法可以绝对自由。

四、你要柔韧如弹簧，借用对方发出的力而动，所谓借机行事，无目的无算计，动也犹如不动，紧张也犹如松弛，如儿童般天真却又充满机敏智慧，这是返璞归真，也是追求生命真谛之道。

五、截拳道避免表相而直入问题核心。

六、截拳道包罗万象，而不为万象所包罗。

练习武术是醉翁之意不在酒，更重要的是磨炼直观洞察之心与意志力，要学好它在于悟性。创办截拳道的李小龙当年被记者问及何谓截拳道，说了一句："它等于是一只指向月亮的手指。"意即你千万不要将手指误以为是全部，而忽略了太空的通盘美景。

从前我将练习武术的人视为运动员型，如今大为改观。

名分效用

富豪男人中风了，老婆和子女在医院轮番守候。

奏效地将丈夫情人挡在了外边。这时候老婆的胜利显示出来了。她春风满面地应答着各方的慰问，以代言人的身份；她是守护者，只有她照单全收一个病号的仓皇狼狈；她将他口角的唾沫擦去，替他按摩偏瘫的手脚以便血液循环加速，扶他上洗手间；当医生汇报病历纸上的诊治方案时，她有决定权。

名分的效用显示出来了，它审判情人的出局。

在三角关系中，本来情人占了上风的，她比老婆年轻娇媚，更能给予男人夜晚的激情及生命的惊喜。而老婆则像堵在男人与精彩世界之间的一堵破墙，情人是破墙边的鸢尾花，男人向她发誓:要与老婆离婚。

老婆用隐忍的耐心护住了婚姻纸，然后趁机对情人大反击。“有个老婆就是不同吧。”她说给周围人听也是要将这话传到情人耳中，“他一有不舒服就习惯地唤我的名字，像小孩子依赖母亲。”

在情场中谋略也很重要，因为感情是不定性物，没有明确游戏规则。这时候情人再也无计施展，因为对于病号来说，无论何等浪漫的情爱都是油腻了，消受不起的，而只有老婆是与他默契合作着将死神赶走的功臣。

在生死模糊之际，哪怕一个活物在眼前都是安慰，老婆便是这活物，连那平淡普通都是妥帖了。何况，老婆还意味着家的希望，因为世界上只有老婆是牵着他的手出院回家的人。

男人无形中要将大感激施加到老婆身上去了，情人呢，只有泣然远遁。

怀旧课

老同学聚会，是必备的节目。

这时候大家都有了一连串的人生积累了，事业上也都算是各就其位，只剩下怀旧这一课要补上。在社会上交付感情的机会不多，而在老同学聚会上，你则可以敞开自己，从彼此身上寻找时光流逝的蛛丝马迹。一晃就到中年，不无遗憾，但大家彼此呼应着也就将这感觉变成了温馨，尽管话题多是从前的琐屑之事，但亲切感正是由此递增。这是一个旧圈子，不用费心铺设的，落在其中尽是安全。

是你研究人的好机会了，一旦二十年过去，不同的人是什么格局都显山露水了。学生时代的考试状元可能在某行政部门打杂，而另一个无名小子则可能正操纵跨国公司的舵位，最不守规则的淘气蛋是好好父亲，而气质独特的妙人儿则命途坎坷。原来，上天打造人是分阶段进行，并非一蹴而就。

曾经被视为内向深沉的那一位，其实只是内心空乏。

而被评为班花的那女孩的漂亮可爱，不过是清浅庸常。

你盯上了一个人，那不是你的暗恋对象吗，如今也腆着中年人的大肚子了，絮絮叨叨地谈论着他险些被计算机公司裁员的侥幸。想当年，你还没来得及恋爱就抢先失恋了，昏天黑地的没考上好大学，竟就是为了此人。在老同学聚会上，你趁热闹将这一切都说了出来，扔下他独自发呆，又继续谈笑其他。

舞曲响起，和老同学跳舞不免有着微妙的尴尬，突然，在耳语间他向你谈起将要找你插手的项目。

老同学旧圈子里的俗套也是一份亲切自如。

遭遇暗恋

总要有一天，你在某场合撞上年轻时代的暗恋对象，发现自己成熟了。

成熟到和对方握手如接待客户，你观察对方发福的体形，当对方谈起他的事业家庭时你无兴趣深究。当然，在这情形之下，要做到完全客观也不可能，你的目光可能略带挑剔，为对方打个偏低的印象分，以反证自己当年的暗恋没有结果，一点不值得遗憾。

在我们的青春期，痛苦之一莫过于遭遇暗恋的兜头一棒。暗恋不比爱情，它没有明确目标指向，所谓暗恋对象不过是你自我挣扎的道具而已，有人说暗恋是一种自恋。当然你的痛苦很大程度还在于自卑，因为你没有勇气将暗恋转化为爱情。有一个女人说起她的故事，很说明暗恋的神经症候。

是高中时代，她无端端地见到一个长着虎牙的男同学就要心跳加速，她整天念叨着对方的名字，祈求上帝让他知道她爱他，当然上帝并不回应。终于，快将毕业，在去饭堂路上，她勇敢地冲到他面前，从裤兜掏出一张小纸片递去，纸片上有她用红笔写下的“我爱你”三个字，算是情书了。她没敢看一眼对方的表情，逃之夭夭，又后悔不迭，发誓此生此世宁死也不再干这类丢脸的事情。

第二天，男同学亲自找到了她，举起一张百元钞票说：“你无端端给我钱做什么？”

原来是慌乱间弄错了，她喘了一口气。

“暗恋，只是意味着一个名字而已。”她说。

无论如何，在我们有关青春期的回忆中，暗恋不无暗香袭人的青涩美，只是它势必要消弭无痕。

收　养

收养一只老狗，牵回家中。

是德国狼犬，在电影中是配合警方追凶的角色，但它老了，又瘦又脏，一进屋就忙着找个角落趴下，顾不上对新环境要先适应一番了。据说前主人拿它看守花园，移民了就将它送动物机构去处死，又被爱护动物协会领了回来。你给它食物和水，它去吃喝，有了一点力气，便眼光感激地闪亮了一下。

它不和你亲近，大概是从前和性格单调的主人相处的习惯，给它一个响亮的新名字，它也不回应。但逐渐地，它雀跃起来，当你拿红绳系上它，它就跟着出去了。后腿已老化衰竭，因此跌跌撞撞的，是被前腿拖着飘动，可见这自由对于狗性是何等不顾命的重要了，你不禁也为它的那一点可怜的欢喜而欢喜。它根本就是你的家庭成员之一，原来收养和亲养是一回事，都是贴心。

去外地三两天再回屋里，德国狼犬就对你漠然相待的，原来它是老得连记忆力都没有了。当然你不会怪它，你所做的就是照顾它并给它安静。老狗正是需要与安静相伴，它不像年轻狗有的是感情朝主人泛滥，这产生感情的精力它正在失去。

生活中出现一只老狗是非比寻常的，当夕阳透过窗户照在它身上，有一种时光凝固的美。它的岁月所剩无几，它厚重沉默地趴在那里睡觉就还是活着的历史了。要珍惜，也要做好心理准备，因为哪一天它就这样去世了。生命的流程都是无奈，我们收养一只老狗算是提前感怀生命的律动了。

收养的也是一份感情。

爬山妙用

失恋了爬山去。

一个男人，在我给他写传记时将初恋提起。他说被女孩子抛弃后便去爬太平山，从香港大学后门一路上去，日日坚持，风雨无阻，“通过爬山锻炼体能还有魄力，便将痛苦克服掉”。他说，他将终生感谢那场失恋，它将他锻炼成了一个坚毅进取的人。

看来爬山对于医治情痛是对路的。在你一步步登高的过程中，其实是一点点地甩脱，直至轻松自在。爬山，是有个先难后易的过程的，一开始总是咬紧牙关地坚持，然而逐渐呼吸顺畅了，你甚至要飞跑，这也就是说，突破了一个临界点便到了一个新层面。正如痛苦，超越它便有了喜乐，何况爬山途中一路有风景变幻，你不免心怀大开，说不定冒出

“天涯何处无芳草”之类的自勉。

尤其是到了山顶，一览天下，那征服感和气势都有了，还有什么个人琐事想不开的呢。

爬山，有一种要征服大自然的架势，其实你也是在和自己的心比拼，当你征服了自己的心，令它不再受负面情绪控制，那重峦叠嶂便也像在为你喝彩。

爬山这运动有一个好处是孤独，不似打球下棋等需要结盟，因此你可以乘机清理思绪，设计人生路向，清醒的头脑、冷静的判断是事业成功的必要。文前提及的那个男人喜好爬山迄今未辍，他成为著名的跨国公司老板期间，发生了趣事：大学时代抛弃他的女朋友兜兜转转又找回了他，她已是饱经沧桑的中年妇女了，而他只将她视为一个同情对象，因为当年是她没抓住机会。这人生之峰回路转也是不言而喻的了。

透视秘书

不同上司，秘书各有千秋。

四下活动久了，我学会透过秘书审查上司或其他。态度不佳的秘书，上司脾性或有偏异之处;秘书质素形象一般与机构规模成正比，但政府及中资机构可脱离这一规律，该类机构秘书比较有主人翁姿态。温和的秘书，透露出上司的宽松和顺;骄横的秘书，一定有受纵容之处。有的秘书暗恋上司，这一点从声音都可以辨别出来:并不尽然公事公办，而带一抹婉转余韵。

有一次，我走进一间电影公司，呆了，那秘书高雅清丽得像一尊雕塑，不由想:那电影业纵然衰落，秘书却还是撑得起场面的，这就叫派头！电影业昔日的富丽堂皇，委实可以从中管窥。

遇过一位一百分的秘书,她在教统局长手下做事。当年,教统局长还是大学校长,我和这位秘书打过十分钟交道,便体会到那舒适祥和从容周到中透出的有礼有度,实在是令人明白什么叫“如沐春风”,十分相称于校长上司的身份。又见校长对于她十分信赖,那一份关系,令人感动。

分析起来,这样的秘书应该是折射了上司的人品之风的。确实,校长上司出身名门,秉承中国传统伦理道德家训甚深。

也曾遇过一位恶秘书,上司却是看起来好好先生的老工业家,打破了我一向信奉的“物以类聚”原理。后来,我明白了:老好人恰恰要用恶一点的下属,也是江湖形势所趋。难怪恶人到处都有市场。

这世间之混杂丰富,从秘书身上也可领会一番。

脱落了画面的美

大美人拍广告时坠马受重伤了。

住进医院呈昏睡状，照片被偷拍出来，同时期她的写真集流传在市面上。两相对比来看，一边厢，是阴晦臃肿的面容；另一边厢，那美真像是流动在泉水上的一朵花，娇嗔，清雅，从容，欣悦，各种神情仪态都齐备了。

大美人从原来那个她的画面掉落了下来，因此她的写真集读者流失大半。

记得一个化妆师说："化妆术让人拥有两张脸。"还有造型师发型师等等，一个大美人要养活这些人，整个包装工厂都要为她操作，而这些在社会上带动了一个偶像崇拜的现象，令人们对美的追求得到抚慰。

如今大美人被囚禁在病榻上，被囚禁在被打回的原形，这就向我们展现了死亡的阴影绝不是化妆术的暗色胭脂。

但电影将伤病死亡与美糅合在一起，便产生了诗意。那爱恨情仇中的女主角卧床不起，总是伴随了雪花纷飞，或月色幽微，或背景音乐的轻慢。记得有一个镜头：女主角为了反抗恋情被家长拆散，不吃不喝，衰竭了，阳光从窗口摇曳着树影照到她脸上，她死在灿烂端庄中。这给人一个感觉：美甚至可以和死亡并存。

像有一种情蕴是要超越了生死的，它令她的美得以定格。

但大美人在病房里，就也是一个教材，告诉人们这死亡伤病绝不是可以矫饰的，要混合了杜冷丁止痛剂，混合了来苏水味，混合了骨崩肉裂，它可以将美来个大扫荡。人们追随大美人偶像，本来也是出于一种对人生真相的逃避潜意识，不料一下子跟它撞上了。

金鱼理论

一个数学家男人，唠叨于离不了婚。

尽管和妻子结婚是个错失，他花了十年来反思，但她对他殷勤周到，他也就规避到事业去。有一天遇到个女孩，知道爱情如是，有了越轨。妻子平静沉默地忍受这一切，更为细致亲切地照料着他。他要离婚，妻子就问："我有什么做得不好，请你指出来，我加以改进好吗？"他便又是不忍，把婚姻闷局坚持下去。

我认识那女孩，也认识他妻子，两者之别我毫不讳言是天上地下，他的婚姻只揭示了"好汉无好妻"一句老话。我对他说起了我的"金鱼理论"。

"不久前养起金鱼来。一条蓝色，一条红色，闪着鳞光游个不停，很是风光。另两条灰不溜秋，天知道为什么将它们也顺带买了来，它们只知道躲在水草中，一动不动，想来是自惭形秽。

“然而，一个月后，蓝鱼浮上水面，死了，再过半个月，红鱼也死了。我埋怨自己可能喂食过多，撑死了金鱼，伤了心了，再不看那鱼缸一眼。半年过去，我无意中发现鱼缸中竟还有活物呢，原来是和漂亮金鱼一起买下的那两条不知什么鱼，它们还是只待在水草中，悠然自得，天知道从来没喂食换水的它们也能活下来。于是乎我明白了一个道理：这普通平庸的东西往往生命力最是强韧。”

数学家听了呆笑，我一鼓作气地说：

“在我们周围不是如此吗？有一种女人，将贤妻良母做得太仔细，其实不过是掩饰，因为她没有别的能力或好的资质条件。但她有的是耐性跟你这份冷淡的感情较量，甚至不惜耗掉一生，她平实隐忍，从不流露真实性情。事实证明这类女人往往是人生的强者，美女佳人们都不是她们的对手。”

知识分子的老去

知识分子老人坐在太师椅上，三五年没出门去。

“老朋友都过世了。”他说，以往他们还找他上酒楼聚聚，那场景已糊涂不明。他还是爱喝点酒，不过就将酒杯放在椅托上慢慢地啜饮，日前中了风，被医生警告戒掉。手中没了酒杯就捏成拳头，又张开，反复数次，这是他唯一的运动。

九十出头的知识分子依存于一张古董太师椅的情景是清寂淡薄的，如果你不留意，会以为是一幅旧画。他仍然挺直着脖子，这大抵是年少时代留存的习惯，上世纪三十年代他在爱国学生运动的街头队伍中，便是这般的庄重。当然他早已没有了概念与口号，如今他说话也只是几个字的简单组合，吐气发音都是运动法，尽量节省便是养神，脖子挺直就得花一番力气。这令他想起“文革”，他作为“资产阶级堡垒”，被红卫兵摁低了脖子批判过。

回忆中都是恬然，而且精简在早年。譬如童年在家宅后院的残垣荒草间捉蟋蟀，又或是去欧洲留学途上，那是第一次坐船出海，还有归国逢国共战乱等等，以及土洋结合的婚礼，当时妻子穿着婚纱很美丽。如今她的遗像便挂在墙上，它其实是一幅临摹速写画，寥寥勾勒几笔而已。

在人生一部分一部分坍塌的过程中，似乎再没什么留存下来。

他的一身傲然风骨都牢牢依存于太师椅上，他望着窗外，关注更多的是阳光升起落下的速度，其中似有韵律美。他逐渐开始怀念东北虎，据说动物界只有它会为自己寻找一个山顶洞穴孤独地死去。他守望着自己的那一点时间，就这样豁达与从容。

执著于痛苦

内地画家的油画上，沉重的人体在扭曲挣扎，人们一见它就避之不及。

亚洲画展设在维多利亚海边富丽堂皇的会展中心，越南画家的绿苹果树前最多人驻足。“香港人喜欢轻松愉快，不需要承受痛苦。”时尚杂志的友人向我坦白说。

趋乐避痛是本能，我想起一句诗：“痛苦是一只盛不满的杯子，而诗人总是从中啜吸养分。”这世上还是有些人执著于痛苦的，譬如诗人、艺术家之类，要在太平盛世保持敏锐的觉知，对于他们来说那痛苦恐怕是精神武器了。又有谁说道：一个诗人离开了昂扬的精神还有什么？正如一只夜莺失去了歌唱的愿望又是什么？因此痛苦必须被赋予最大的尊重。

据我感知，痛苦便是财富之说，是没错的。一个历经痛苦的人可能至少有如下几个境界：

一、怜悯，对人间沧桑感同身受，诚如张爱玲的一句话：因为懂得，所以慈悲。

二、珍惜幸福，对比之下幸福的难得便体现出来了。

三、豁达而坚韧，这性情到底是经过一番磨砺，有了一般人不具备的质地。

有一个典故可供加以联想：有一种香料名曰龙涎香，它被用于皇宫王室中，可散发香气百年不散，而它是如何产生的呢，说出来怕是令人反胃的。原来，海洋中有一种鲸鱼，专门吞食鲗鱼类动物，但鲗鱼类动物的角喙不易被消化，因此，鲸鱼在千万年进化中分泌出一种胆固醇，入胃将角喙包住，再将它从肠道排泄出来，这便是人类历史上罕有的龙涎香了。

美好需要痛苦艰辛的孕育。这真是凡事皆有道。

与生命有关

《狼图腾》被企鹅出版社重金买下，众声哗然。

一部写荒原狼的文学作品，率先其他中国读物冲向了世界。“它写的是生命，”文学评论家兴奋了起来，“凡与生命有关的产品，永远都不愁没有市场。”

人类基因包含了探寻生命这一脉络，它千百年绵延而来，又据科学家研究：人类遗传基因若发生本质变化，尚需五千年。从这一点来说，文学再往前推进千年，也没问题。有探寻生命的本能需要，也就有文学存在的必要。狼图腾现象可谓反击了文学消亡论，尽管在浮躁社会，文学正被急功近利的流行读物淹没。

生命的母题突显出来了，我们面对动物的强悍庄严的生存图景，不免要被投射下自身的虚弱平凡。

这是被现代化事物胶化了的状态。在社会飞跃发展中，我们对生命的警觉是不知不觉被剥夺了的。当感官被大量物质信息事物堵塞，生存方式与技术化衔接，思想感觉依附于计算机，电影变得平面化，健康被污染，我们只能形式化空洞化地浮游于生活的表面上。某评论家举出一例：“甚至连我们人类的繁衍能力都愈来愈弱了，你看孔子，七十岁老父与村姑野合而生，而现代人连精子都稀薄了，再也不如古人那么强盛。”

但那有关野性的原始记忆是含藏在血液中的，它偶尔要跳出来发作一下。

于是有了《狼图腾》，有了狼文化的集体振奋状。据说，这本雄性十足的书，女人们也喜欢读，就是因为对男人雌性化不满，冀以从中获得心理平衡。

钱包照片

男人请你吃晚饭，在周末，你怀疑是罗曼史的序曲了，然而，在付账时，你发现：

男人钱包的塑料薄膜里，躺着一张女人和孩子的彩色照片。

显然那是男人的家庭，也就是说，男人不只是单枪匹马和你约会，而是实质上还拖带了两人。在男人掏出钱包一瞬间，你还瞥见了那女人的神情中，是身为人妻的满足平淡，连同孩子，他们简直是构成了一座血肉亲情的堡垒。你用纸巾擦一擦嘴，心里有数了。

男人的钱包很说明问题。男人不像女人，有各种手袋饰盒装点物品，男人一身干脆利落，只有钱包是个重要环节。那钱包往往是素色兽皮，大小要合适塞进裤兜，身份证信用卡之类和钱钞，都要准确挤压地排列其间。这一切都是冰冰冷冷的，但若加上照片，那格调便有了暖色，男人在世界上打拼也有了一个情感指向。

女人进驻了男人的钱包，便是进驻了他的心，因为他是将她当成自己的财富了。

男人钱包中的女人很可能是他的初恋，因为在那情形下一张小照也能勾勒朦胧的幻想。但初恋容易替换，因此娇小女孩子在钱包中耽搁时段一般不很长的。但若是一张成年女人照片，就足以说明一种成熟稳当的真爱关系了。若是女人加孩子的家庭照，其牢固性更不可小觑，那温情脉脉的日常生活细节，都可以从中窥见。

当然，男人到一定阶段是没有多少面对照片的闲情雅致的，这家庭照说不定是细心的妻子悄悄塞进钱包的，这一招不知道打败多少潜在情敌。

按摩人生

体会按摩的好处，总得到一定年龄以后。

年轻人会是抗拒按摩的，认为将自已交到按摩师手里揉挤搓捏的是滑稽。记得从前陪中年友人去按摩房，我总是在一边看书静待，再看那友人一个小时后在盲人手下起身，面色满足，便觉奇怪，想着自己读了半本诗集也算是做了一场精神按摩了，因此大家是在不同的道上各取所需。后来有一次，竟听见自己也对按摩师说："手力再重一点！"便知道这按摩瘾是没救了。

按摩可以打救人生。体会至此是在一次受挫之后，跑去做足疗，两只脚浸在浴盆，热气蒸腾地被人家捧住，虽不适却也忍住，那满腹心事不知不觉都化作神经末梢的高度警觉了。酸胀痛痒都是渠道，令你将心理问题排遣出去，原来这心理生理是可以互相转化的，有一脉贯穿之处。

也就是说，精神问题的负面因素，可以通过外力解决。

按摩的最高境界是用心。确实，按摩师用不用心、力度轻重缓急，我们都可以凭了身心去感受出来，从某种角度说，我们是在和按摩师做着亲热交流的。有一点无奈的是，人到中年，便无所谓地要将自己像对象般扔出去了，失去了自我的警觉，肌肉麻木点愈来愈多，需要痛捶。

对于女人来说，脸部按摩尤其重要。负面情绪在脸部积存，阻碍血液循环和淋巴系统代谢，弄得皮肤下垂有皱，而按摩令你变回平滑无痕。这样一来，如果你再做一做其他诸如读书等精神按摩，那就是真正地心旷神怡起来了。

乾隆皇帝的花瓶

“咚”的一声，定槌。

那个双耳花瓶在拍卖场以 1.15 亿元成交，将人心摄住。

你不禁想要看清楚它，却仍是不清楚，它是有着谜一样的光晕的。它不是一般的花瓶，是曾经被清朝乾隆皇帝把玩过一阵子，玻璃界面似乎仍留存着体温，花石锦鸡珐琅彩画被手纹磨得滑润。尽管皇帝死掉二百余年，还是有一股子浩渺之气要从历史深处向我们的生活折射的，不是吗？如果你摸一下瓶身，说不定就有了和皇帝握手的快感。

野心也是收藏古董的因素了，一个人掷上亿元只不过为了一个皇帝的花瓶，其野心魄力都不可小觑。他很可能是借物寓意，以满足对皇权的膜拜心理。专制文化讲“普天之下，莫非王土”，讲“君权神授”，讲“等级”，从皇帝的花瓶，似可窥见中国传统文化的精华了。

中国人对传统文化的传承是断裂而模糊的，但通过古董，便有了坚韧的衔接。经济增长愈热，古董收藏愈见高峻，我以为这与人们对现实的逃避或反抗有关。当人们想要返回过去，在历史中寻找蛛丝马迹，古董，便也为生活打开了一个通道，它后面凝聚的历史感是层峦叠嶂绵延不绝的，因而人们被古董激发的热情难以枯竭。

那价格便水涨船高了，皇帝的花瓶，在行家眼中可以是天价。

但再昂贵的花瓶也有破碎的危险，生命也是如此脆薄，皇帝终有一死，朝代不停更迭，实际上，你留存不了任何东西，你手中的古董只不过是一种玄想的寄托物而已。

495 亿的爱情

爱情可以用 495 亿衡量吗?

一位北京富豪，因雇凶杀人被判死刑，妻子作为 495 亿的合法财产持有人，在将一跃而为“亚洲女首富”之际，代男人将这笔钱捐出。

男人因而被暂缓死罪，因为根据《中国刑事诉讼法》，若取消死刑，便要罪犯有重大立功表现。而我更相信是爱情的力量救了他，这世间有一种爱情是相濡以沫于生死的，是如阳光下的凸透镜要将世俗名利融化。可以想知女人为男人的案子而奔走，而心力交瘁，令她坚强地支撑起来的只有一个信念，那就是爱情。

在她探监之际有如下对话：

“我犯了事，连累了你和孩子。”男人说。

女人说："我相信你是无辜的。"

"我的钱都归你。"男人说，并将自己在瑞士银行的存款密码相告。

女人说："如果没有它，我们简简单单平平常常过小日子多好（正是由于利益纠葛令男人惹下祸端）。"

女人是一位藏族舞蹈家，西藏是远离污染的荒山碧水之地，那里的人淳朴而安天乐命，宗教文化色彩浓，难怪出现了这样一个用495亿换取爱情的女人。可以想知她跳的也是不落尘俗的舞蹈了，她是用行动向我们证明世上还是有纯粹的爱情的，它因隐忍而温醇，因不计利害而与天地共存。

据说当今中国富豪选择女人多以"冰清玉洁"为考虑，可惜这类女子愈来愈少了，难怪富豪们格外感叹婚姻不易。西藏女人是死刑犯富豪的第二任妻子，这一婚姻结构似乎也证明着财富匹配纯洁，自有一番道理。

不再恐惧

将来没有恐惧了。

人脑杏仁体有一种蛋白质分子，专门传送神经信号的，将它抑制,就会消弭恐惧记忆。发现这一项目的科学家说:“如果我们开发有关药物,当人遭遇灾难性事件后,便可以服用。”

听起来一派人道主义，但你仔细一想，难道失去恐惧不是更恐惧吗？恐惧固然令人不堪消受，却也不无正面意义。经常听人说，他对于自己与世界的关系，便是在某次灾难后有了深刻的认知，在他的恐惧记忆中，还包含了对生命的留恋和对自我的重新发现。而人类如果没有恐惧将是什么状况？以战争作比方，世界会变成一个大战场，以宗教作比方，人不再顾忌上帝或因果，生存着也就方向错乱了。

死亡是最大的恐惧，为了解决这个问题，才出现文学、哲学、艺术之类。

活在世上就是一个与恐惧较量的过程，我们怕光阴流逝，我们怕失业，我们怕贫病孤独，我们怕爱情受创，从中反弹的欲望是强大的。有杂志找一打富人做访问，试图唤起他们对过往最深刻的记忆，发现那些记忆都是被恐惧感激发了从商的进取心与潜力。

我们甚至欢迎某种恐惧，因为你克服它时能够产生快乐的多派因，譬如坐过山车，将自己置于安全的危险境地，恐惧带着新奇的面目出现了，你颤抖，惊叫，呼吸急促，却可以满足寻求刺激的需求。人们攀登雪山穿越沙漠，都是与恐惧为伴。

恐惧也是提升我们生存能力的本能，譬如你遇到猛兽毒蛇便自动逃开，这正是人类在进化中一代代遗传下来的恐惧基因在保护你。

刀　功

聪明的女人请你去她家吃饭，看不见刀。

也就是说，她隐藏了切菜这一程序。那食物都已切得整整齐齐摆放在案板上或碗碟里了，大块的肉已在沙锅里炖着，醇香扑鼻。她见到你去，只是悠然地炒一炒简单的菜式，一边转头和你聊着天，令你享受的不光是吃，还有过日子的深深浅浅。

而刀在哪里呢，原来她已将刀用牛皮纸袋包好，收进抽屉去。

我是最担心见女人切肉了，总觉得这程序应该留给用人或丈夫。想想看，那一刀下来，鱼头一滚或鸡腿与翅膀分了家，是个什么景象。曾经有一次，女人在她家的开放式厨房削刮鱼鳞，一边和早到的客人们谈着爱情，那血花四溅间，有关爱情的话题也是个残破尴尬。

切菜的事应该只有男人才匹配胜任。看男人手起刀落，丁、丝、块、片、条，丝毫不乱，那大将之风在和平时代的日子中尽得体现了。男人有的是腕力去调配手中的感觉，并让刀法不拘一格，削、磨、锯、铡、切、劈、斩，花样无穷。看电视节目中表演刀功的都是男人，有的干得脖子上的青筋都在抖动，面部只是专注，俨如那案板便是战场。

据说，大厨都是男人，首先他们是刀功好，这需要先有个磨刀训练，而最高境界是切菜切肉如细雨润物，并不是发出“刷刷”的噪音。一如庄子“庖丁解牛”，厨子庖丁杀牛到最高境界，见不到牛了，只在精微之间游刃有余，将杀气腾腾化为无形。

这世界的屠戮场是男人的，与女人无关。

做菜功夫

男人在家中做个最简单的菜式：炒鸡蛋，捧了一只鸡蛋不懂得应付，只好将它砸到碗里，再一片片蛋壳地捞出来。

他是被妻子宠坏了。他文章写得一流，拙笨于生活琐节便也习以为常。其实，做菜跟写文章类似。

不知谁说过一句:会做菜的人智商好。做菜，是含藏了一双慧眼的，你要搞清楚不同菜的搭配法，对火候要掌握，善于汲取经验去辨别咸淡生熟，在调料取舍中纵横驰骋，判断能力感知能力都要调动，还要有个超越能力。若谈及将菜弄出繁复迂回的品味来，上烹饪课或读菜谱都不够。

写文章也讲究综合性素质。以文学为例，我以为小说写得好的人，是巧合的产物。有些杂文家或诗人也写小说试试，事实证明那是很串味的。而小说家最好对各门学问及人间万物都有好奇，并融会贯通于感性思辨，还要有个洞穿表相的智性，将自身素质锻炼得足以在生活与文字间穿插游刃。对于小说家，一连串遭遇也是不可或缺，将这些配合着人类脉络天地玄机来看，便有味道了。

我做菜是只看颜色花花绿绿就好，当然属浅层次。但有一次，我做了个简单的青菜，友人赞好，说这才见真功夫，他显然是懂行的。高明的厨子是舍弃调料而注重天然质量，三下两下做出个天高云淡月白风轻的意境。写文章也是，以简化繁，总比堆砌形容词要令人喜悦。

有一句古话，“治大国若烹小鲜”，听起来对做菜不无轻视，其实，将这两者并提，足以说明了做菜也是天大学问。

狂荡妖女

某华裔女星上了美国《花花公子》封面了。

不久前她还在香港传媒哭着说，出席金像奖裙子走光，令在内地看电视直播的父母亲吃惊了。“其实我是含蓄的中国女人。”她说。她的身材在怪诞款式的衣着中是瘦削伶仃的。她的狂荡是个架子，不见内容。她长了一张典型东方女人的脸，被黑眼圈厚腮红弄得好似桃花落入泥泞中。这一性感形象是在好莱坞势态下碾压而来。

在好莱坞闯荡的华裔女星，据说只有两个角色选择：天使和妖魔。本来她应该是离天使近一些。她的前夫我认识，得知她当年随前夫到美国时是个爱睡觉爱做梦的女孩子，没有入世心，离婚是她被抛弃了，是一对穷困艺术型夫妻经不起资本主义生活的折磨。在内地她拍过一部《山村风月》。

记得那时期她有着野生灵魅的美。

在好莱坞她当过几个配角，赚了个“狂荡妖女”名号。

这也是大半靠了走光。在柏林影展，她的衣着掉下，令摄影机闪成一片。香港金像奖仪式完毕，一群电影人搬离了某幢经常被记者偷拍的酒店，她一个人留住着，并让白毛巾只裹了下半身开门出去，果然这一形象占领了八卦杂志封面，胸部太小，活像是怀中揣了两只老鼠。

她声称有性伴侣五十一个，那东西方文化中左冲右突的痕迹都融入了荷尔蒙。也许，对于一个在白人世界求突围的弱女子来说，这也是个精神胜利法。

带着这个面目想要回归中国也是难。她向内地导演抛出风声想接戏，被回绝了。

到深圳去

"到深圳去"，女人听到男人这句话，便头疼起来。

随着内地经济日上，香港男人去深圳的脚步愈来愈频密，女人一下子拉不住，就不见了对方踪影。

不知道多少香港女人困惑于"深圳"一词。深圳，一个资本主义仿制品的城市，无所谓文化根基，却以光鲜亮丽的女人为景观。她们一波一波从中国每个城市乡村南下，野花般蔓延滋生，无可杜绝，而香港女人无形中显得单薄了。

你变得像再也打不出花样的牌。本来，你和男人吵嘴，赌一赌气，没什么大不了，但当男人拔腿一溜，到深圳去，你就被真正地冷落在了一边。夫妻不和，有意不挽救的往往是男人，因为，深圳正在向他们招手。

感情问题反而是男人的出路了，深圳变成男人的周末家园，在那里他可以卸下身份与压力，将自己交托给随便某个女人与情欲，不仅平衡了荷尔蒙，也获得了精神的振作。因为深圳女人何等懂得安抚男人的自尊或自卑，唤醒男人的怜惜之心，她们可以小鸟依人，可以甜言软语，她们是专门针对男人的本性而生的，她们在这个年代特有的轻浅快乐的格调简直是男人的温柔乡了。

男人对深圳女人的痴迷也是不无某种虚幻的情结。港府早已鼓励“北上发展”，那些没有勇气踏出这一步的男人，至少，可以选择深圳进行尝试，从女人身上培养一下祖国情怀，了解一下各地风情轶闻，也算是放开了第一步。

自从男人选择了深圳，选择了由深圳辐射而去的内地，香港女人便选择了寂寞。

慢车去北京

坐上去北京的火车，很是亲切。

每节车厢三两人，与往昔的喧挤情形有别了，因此你可以一味对着窗外发呆。火车承载了你慢吞吞从南到北，这旅程是见山见水的，有一天一夜松弛身心，思绪便翻腾出来，全是带了泥土味的清新细腻。还有那广播中的江南丝竹或箫管音乐，都是数十年不变的俗理老套，这一切都融入了回忆中。

火车是适合怀旧的交通工具，这也是慢的好处。捷克作家米兰·昆德拉在小说中有一个例子：某人在走路，当他试图回想一件事，可是一时又回想不出来时，便不由自主要慢了步伐，以帮助记忆。这也就是说，我们的回忆主要是与慢打交道的。确实，在火车上，我才感到被城市生活麻痹的脑神经细枝末节，在逐渐复原。

而坐飞机是另一回事，你的思绪是被四面金属包围，冷冰冰地悬浮着，脚下就是太虚幻境，飞机不动声色的平滑飞行中是蕴涵了凶险的。记得每次坐飞机着地，我都要侥幸地喘一口气，以为捡回一条命来。

但我们一般还是选择飞机去追赶时间。继续说米兰·昆德拉的例子：同样是人在走路，倘若他想忘掉一件不愉快的事，便会愈走愈快，因为速度似乎令他与记忆拉开距离。飞机便是适合遗忘的交通工具，在飞机上你总是回避触及生命本真，而在正襟危坐中维持理性的状态。

总之，飞机理性而火车感性，飞机魔幻而火车安稳，飞机通向未来而火车更像是朝归宿里去。如今我是喜欢坐火车了。

镯子叮当

饭桌对面有个新识友人，伸手搛菜，便是叮叮当当一通乱响。

原来她戴了四五只手镯，乱响正是发自那衣袖欲隐欲现处，手镯有红木，有青铜。再看她搛菜的手势也是快刀斩乱麻的，便判断是一个爽朗的人物。果然听她自我介绍：崇尚简单生活却性格活跃，骑马，爬山，玩舢板，开敞篷跑车，无所不能。

手镯与女人有着互相参照的隐秘关系。记得有一个才女，总是戴老人留下的银手镯。据说这样的女子，往往敏感而孤高，喜欢在黑暗的角落静静琢磨。她写作风格似张爱玲，张爱玲小说中的七巧也是戴了银镯子，独身久了，便将银镯子从手腕推到胳膊上把玩着。才女也是大龄未婚。

女人手腕上是有个小世界的，戴玛瑙镯子，说明你天真而有信念，相信爱情在乎真；戴翡翠镯子多半说明你年纪大了，且对生活期望值高。我想起有个教舞蹈的女子，仿佛可以入古典油画的，与古筝与笛子一类乐器最是亲和。她每到首饰店便搜寻昂贵的翡翠镯子，借着光对它品鉴个不住，我猜想她也有一颗翡翠造的心，光可鉴人的，只怕是与日常生活有一点距离感。

骨头做的镯子要风格狂野，金属做的要粗犷，这两种我从前都戴过，它们是属于轰轰烈烈的青春岁月，有一天，我将这些杂物都扔了出去，手腕简单平滑，倒也省却了那些游游离离的心绪。据说，不戴手镯的女人，正是要风格坚毅，一心奔向目标而罔顾小节，容易成功，当然这一点并没能应验到自己头上。

放弃的境界

你打开旅行箱,发现那双 Prada 平底高帮鞋只剩下一只,便将它扔掉。

“那可是你最心爱的鞋子。”有人说。

“可是一只对于我有什么用呢,除非我断了一条腿的那天才有机会穿它,但这个机会很小。”你说。

同时你暗自庆幸自己有了放弃的能力,Prada 平底高帮鞋是男人给你的生日礼物,你放弃的也是一段情。有一天,男人告诉你结婚没可能,你便选择了独自旅行,同时 Prada 鞋体贴脚趾的快感仍然跟随着你,尽管有一点磨蹭。也许丢失了一只,正是你暗自的希冀,因为你终于认清现实:痛快果断地放弃,才令生命更新。

曾几何时,你是拖泥带水的一类人,这也不丢那也不丢,你的住处堆满杂碎物品就是明证。你的心也被塞得满满的，都是情伤，你理智上想摆脱它却感性上做不到。但有一天当你将住处收拾得简单爽朗，发现那样便心境大了许多。你正在学习放弃，随之而来的是变得豁达而平静，这正是你需要的生命状态。

它比拥有一个人更重要，你意识到这一点便是长了智慧了。是的，放弃也便等于获得，放弃是一种境界，这正如孔子“登东山而小鲁，登泰山而小天下”，又如一句电影台词：你紧闭双手，什么也没有，张开手便获得了全世界。

但有一天，你看电视：狐狸被捕猎器夹住，咬断自己的伤腿以求生，还是忍不住泣然。与狐狸相比你只是扔掉了一只鞋子，但你的伤痛不比它轻松，你是让心流了血，你在想自己的心灵逃生术是从动物模拟而来吗？

拯救方式

精神科名医自杀了。

被他从自杀边缘拯救回来的一堆人最惊恐:如今可以依凭谁呢?显然，名医纾解他人心理问题的一套对于他本人是无效的，这也说明了世俗病理心理学的局限性。有人呼吁:别忘了精神科名医也是人！但据某统计，精神科医生自杀率是其他科别医生的二至三倍。因而又有人说:是因为他们将病人的阴霾沾染上，还要继续扮演救世主，以致不堪负荷了。

人们对自杀者探寻原因，总是不离情变、经济困扰、病痛几类，果然名医也没有逃出这框套。

世界本质是荒谬的，加谬《西西弗的神话》说:“只有一个真正严肃的哲学问题，那就是自杀。”“自杀是消极摆脱荒谬世界的方法。”“自杀消灭了一个人，荒谬同时消失。”

记得从前，这类书读多了，我也曾感染了抑郁的情怀，也演习过自杀，但如今无论如何倒变得沉着淡定。分析起来，还是要归功于对哲学的热爱，在思考的磨砺中有了做人的尊严，也有了对生命的把握和各种参照角度。

我没有看过精神科，但据有过此经历的友人说，痛苦从中得到解决是暂时的，因此需要不停地去看，像迷上大麻。其实，在病理心理学的局限处，还有一些出路延伸而来，那便是哲学宗教。尽管再伟大的哲学家也不能给出终极意义，但我们也似乎可以说，意义就在片断中，在审思生活或生命的过程中，当我们的精神世界因此得到营养，神经脉络便通畅了。

创造性精神思考也是自救方式之一。

拒绝中医

西方友人脚踝肿了，分歧由此丛生。

因不见虫咬痕迹，我建议看中医，指它或许与空调有关，因为空调坏掉，吹出热风，影响五脏六腑邪正不调。西方人瞪起眼睛，说："肿是发生在脚上，跟空调或身体其他部位有什么关系？"

他的眼神显示我倒是女巫了，我无话可说。如何向西方人絮叨那实实在在的一个肿块在中国人看来并不只是肿块本身，而是可以凭"望闻问切"衡量？中医讲"气"，气贯通万事万物与人身，更进一步往古哲学里去，那气也是来自空无。庄子说："杂乎芒芴之间，变而有气。"有无相生，阴阳相间，这一脉学问便也是中医的根底。

而西医"头痛医头，脚痛医脚"，比起中医，倒是显得有科学实证。

和西方人相处，最大感觉便是个清楚明确，人事有界限有原则。中国人的“浑水摸鱼”术，在西方人那里不大行得通的，西方人的水是清的，西方科学文化的强盛也似击溃了中国人的这一说法：“水至清则无鱼”。我喜欢读西方哲学，它重存在讲生命，而不像中国哲学动不动就来个“天人合一”，以悟为先，但这“悟”字在英文翻译里似乎只得个“enlightenment”，听来似单纯多了。

要和西方人融会贯通还是难，我们的血脉里已布满了东方文化的枝枝叶叶。再说西方友人的脚患，经西医外科诊治痊愈，不久复发。我说：“看，这叫治标没治本，还是看中医去吧。”西方人冷笑一声，说：“我不是中国人，不能乱吃中国草药。”他这次选择的是看西医关节专科。

爱情与城市

一个男人去北京扎下根来了。

以至于每次回香港，都频呼不适应，我猜想他在北京有了所爱的人。

果然，他承认了这一点，并谈起北京女人的淳朴大气，将她们与城市历史文化相映照，大有可分析之处。他说自己是“半个北京人”，他关心北京从政治号令到大白菜多少钱一斤。他在世界上走了几个地方也有过几段恋情了，只北京令他平和踏实。

因此我猜想北京女人才是他的终点站。

人和城市的关系是微妙的，你检测自己住过的城市，印象最鲜明的那个便说不定盛载着你的爱情故事，你对城市的热忱，往往与爱情的浓烈度成正比。只有爱情，才令你与城市发生本质的关系，而不是事业或其他。一个城市对于你即便陌生，但一份爱情足以令它生动起来。爱情的城市也是人性化的，你无形中要将爱人的形象投射了去，城市便有了性格与况味，那一街一巷都是与你打成一片的。

“人，过了中年，要到自己喜欢的城市去，这也是找到自己的一种方式。”那男人说。

如果你有一天午夜梦回，觉得好似悬浮在空中，那么便应该换一个地方了。这城市并不承托你的心，也许你有一份理想的工作，或生活舒适，你习惯了自己住久的地方，但你的生命需要一个真实的出路。

没有爱情的城市是不真实的，是符号化存在。

建议你也可以选择旅游，有一些人正是在满世界的旅程中，邂逅所爱，便随意在对方的城市安居下来，开始了幸福的人生，这样的例子比比皆是。

买裙子的教训

惦记着一条灰底黑格长裙。

在马莎店子，一眼便看见它，握在手中，质料温厚体贴，再试穿，对了镜子便惊叹自己原来是那样一个人，而那样一个人才是理想的自己。

“这是我一直想要的东西。”你说，再一看价格，便放了回去。

几天内总是不能忘怀它，又跑了店子一趟，却再也不见，让店员致电分店查询，也是个全线缺货。那一份失落，像是失恋了。

想着买衣服和找男人也是相似的。有时候，你明明遇上心下喜欢的男人，却躲开。

一份幸福情缘稍纵即逝。你不敢相信它与自己有什么关联。是的，你追求理想，但又在潜意识中将它与现实划清界线，你只以为现实的平淡残缺是真，而完美总是不安全。另外，你以为放弃一棵树还有大片森林。

随着岁月流逝，你才知道自己的错过换取的是长久的孤独。这正如买衣服，你将买一件昂贵的灰底黑格长裙的钱，变成买了便宜的几件，花花绿绿的俨然都有了。你也买了其他的类似格子裙，仿名牌的，但它们都是如此容易旧损，并遭到淘汰，你的空虚感更甚。

实际上，你还没有向自己的真实愿望投降，你还在惦记着那灰底黑格长裙线条的流畅，俏皮中透出端庄的风范，你也是惦记那份装束中的自己。如今，你的自我意识已经明确，而明确的自我意识令你更懂得抓住机会。

有一天，那男人又出现了，他有了家庭，而一直惦记的是你。他问你对当初没有选择他感到后悔吗？你无言以对。

对付时间

老朋友相遇，第一件事是感慨时间。

只要看一看对方眼角的纹路，就知道时间的意义多么深刻了，再看自己，不也是个差不多的中年女人吗，也就明白时间在自己身上流逝的速度也是一样，时间，正席卷起一切，似乎慢吞吞实则紧锣密鼓。平时我们用各种事物堆满它，我们吃保健品，用化妆术和运动，借镜子的暗影以为自己还年轻，以为侥幸躲过时间了，但我们终究是处在时间的四面楚歌之中。“五年没见了。”老朋友说。

“不，五个月。”我纠正说，不能接受五年倏忽而过的心理事实。

“干脆说是五个星期罢了，五天。”老朋友心领神会地说。

无论我们如何自我安慰，时间仍是按照表的节奏，叮叮当当地溜走。有几年我已经没有了戴表的习惯。我有一个朋友更有趣，他从三十五岁起，就宣布自己每过一年便减去一岁，实施“愈活愈年轻”心理暗示大法。然而，到了四十岁生日，他还是发表一句感叹：“啊，从此以后我和‘三’字头再也不沾边了。”

三十几岁，这感觉陪伴了他十年，也像是一阵风晃过。

抵抗时间似乎还有一些方法，如遁入宗教，宗教的死亡是某种开始，又如研习科学，按照现代科学理论，无论是牛顿力学、爱因斯坦相对论，或海森堡和薛定谔的量子力学，时间的倒流性是可以假设的，“所有历史事件都像装在一个大轮子上，循环不已”。这概念也出现在现代数学里面，叫“庞加莱循环”。

我们不仅要忙生存，还要忙着对付各种有关时间的焦虑。

单身宣言

聚会中有个单身男人，一摸秃顶，说："到了我这个年龄再不结婚，就要被人家说是基佬了。"

那情致是透着秋风扫落叶的壮烈寒凉的，我说："你就结呗。"他就摆出绝不向婚姻投降的架势，说出几点：

"一个男人和一个女人连续不断地相处，从生物学角度看，是不自然的状况。"

"除了部分鸟类，只有人类（绝大部分）和约 5% 哺乳类动物还在继续单配偶制。"

"没听说吗，两人在一起的程序无非是：爱情→感情→友情→同情。"

据我了解，此人住山顶豪宅，最怕婚姻的财产分割之痛。果然，他默认这一点，说前妻打财产官司打得他怕了，又说女人们都图他的钱，而看不见实际利益后面的那个他本人，因此他和她们的关系都限于婚姻边缘上。“这样你就捞着一些免费的性好处吧。”我说，想着他挺会算计的，再看他脸蛋长得很像一只金元宝。他又强调:他喜欢和自己待在一起，婚姻是不自由的。

这一点引起众人共鸣:独处的自由其实最快乐。据说有个问卷调查，专门针对单身男人发问:对于你来说，失去她是否比失去自由更令你伤心?结果半数被访者都说:不。

这年代单身倒真像更贴近人性了，但有一个说法，也很说明问题:单身男人最怕过生日。

一个人纵然不要爱情婚姻了，却不见得能抵受那年岁步步催逼，在死神这吞噬性的大真实面前你是不免手足无措的。怎么办呢?生日烛光后面你心上的人一个浅笑，才是真切的安慰。

爱是风轻云淡

女人遇见一个男人，变了。

容颜细腻中透出一股子淡定，显然，那男人是她的药，从身体到精神都有着滋补之功。

她甚至变得沉静不语，因为，有关这一关系，说出来便很是无谓，那境界只她和他心领神会就行。

而曾几何时，当她还是女孩子，有过一段炽烈的恋爱，她每天都疯狂地要跟男人联系，要通电话或见面，要说“我爱你”，向他说也或自言自语，要将它写成散文登在杂志上，要戴情侣表，在两人腰部各文一个同样的文身。如今回想起来，那份感觉更多是恐慌，恐慌爱得不够，是潜意识中对两人之间没有信心。

“我很幸福。”当时，她不停地强调说，其实不过是用自我肯定来填补关系的空洞。

那段往事随风飘散了，也许过错只在于她太年轻。而当她变了中年女人，她的故事才是真实的精彩。

她很明白碰到的男人究竟是不是她的所需；她明白维系一个关系不需要大张旗鼓，只“润物细无声”就好；她明白激情容易破损，而快乐需要细心品味，不可透支；她明白她有足够资本把握局势，因为男人需要的无非是母亲和情人的混合体；她明白那灵魂默契的一刹那是何等珍贵；她明白好的关系是平实而风轻云淡。

她从身体到精神都准备好了，她具备了爱的能力。

爱是一种能力，需要岁月和阅历来磨砺。而假使少女时代的她遇见同样这个男人一百次，也恐怕会失去他的。

所以说，一种真实美满的爱情，最好是出现在当事人成熟的年龄段，而无须趁早。

男人自在女人疯狂

表哥打离婚官司，听说闹得不可开交，我便去探视他。

一见之下，他竟是一脸轻松愉快，而我原以为他在财产上被妻子蛮横争夺，应是愁眉不展的。他急不可待地向我聊起新恋情：遇上一个女孩子，刚上一次床就被女孩子狂热追求，而女孩子那么年轻，是他的一半年龄还不及，也不似贪他钱，因为她自己也挣高薪。

五十来岁表哥扬扬得意地说：“我还是有魅力的嘛。”

这类故事，听他谈了十来遍了。他来往的女人，从内地到香港应有尽有，在深圳还包过一个，真寂寞了便去云南玉龙雪山，在那里的酒吧等待男人的多是女大学生，讲浪漫情调的。一开始，年轻漂亮的他还不敢要，但女孩子们太争先恐后了，将他的胃口弄得水涨船高。

而在离婚过程中，他的妻子又打又闹的，倒让他扮演了无辜的角色。

因此更招惹女孩子们同情：“那样档次的老婆，也配得起你吗？”

他同意给妻子七成财产，但妻子要全部。举止是张狂又绝望的，因为男人还有机会，而相应年龄的她是要准备孤独终老了，她自觉亏了，电闪雷鸣般的一段年华被男人用掉，就像雨后落光叶子的枯树了，而她又是用自己的青春培养了女孩子们的理想对象，因为对于她们来说，有过婚姻经历的老男人最是迷人。

不同年龄段的男人总是有着不同年龄段的优势，一个事业有成的男人，这年龄段还可细分，那人生轨迹可不是像女人那样走下坡的，而是呈波浪状起伏。无怪离婚中的男人看起来也是沉定自在。

误　解

总要有一个契机人家将对你的想法说出来，才知道误解有多深。

有一次参加集体活动，陌生人相聚，话题日渐随意，我才发现自己是个被人家在背后议论多次的人物，而那些名堂离本人甚远，疏忽被认为是高傲，热情被认为是势利，说实话被认为是嫉妒，和谁亲近一些又被认为是有染。有趣的是，当我竭力辩解，无所收效，于是恍然大悟：实际上没有谁关心真相的。

人们宁愿根据他们习惯的逻辑思维走下去，这条路最简便。

我泄了气，知道自己如果再坚持要弄个水落石出，或许反而又惹来一番猜度：欲盖弥彰？别有用意？

我们活着都背上了一连串别人拼凑的图像，尽管它们都不是你。这个社会便是误解套误解的社会，难怪一套社交礼仪和客套大家都小心遵守着，都要用东扯西拉避免隐私外露，要戴假面具。一友人曾对我断喝:除了你自己，还有一个大众世俗层面的规范你要懂得!

心心相印者也不是没有，它指令误解系数降到最小的人。

人的孤独命题是永恒的，它不只是指你面对宇宙渺茫，也指人际间状况。分析起来，误解普及至少原因有三：一、人的智慧、性情、见识、身世、阅历不同，价值观有异，也就难说有统一的理解标准，有说是人和人的差别比人和动物还要大;二、大多数人是看表面现象而不看本质;三、人们宁愿根据自己的状况推及他人,出于惰性或其他复杂心理因素。

对付误解的方法是不要将自己看得太重要，要对误解加以理解。

在激情中流浪

在偶然场合被某人打动，之后回味着他的眼神。

眼神中有电闪雷鸣，只一瞬间，它将他整个人照亮了。

那是激情。在我们的生活中，激情总是随年龄增长而递减。而如果能将它一路保存下来，那么他应该有着非同寻常之处。激情，与杰出的心智状态有关。

激情是容易被排除在生活之外的，由计划和规则统领生活，毕竟要安全得多。有一项调查：如果有机会你会怎么办？香港坊间约一半人表示：如果有机会，将转换工作。显然，在闷局中讨生活是普遍现象。而我们的人生最好是和激情相契合的。据说，以激情与兴趣为动力，可事半功倍。

每人都有自己的激情点，有人以为自己是工作狂，却在一次收养了一个小孩后，感受到自己天生要照顾弱小生命的倾向，又一连串收养了几个；有个舞蹈家即便遇到车祸折断了腿，仍然能够回到舞台上，背离了医学惯例，因为她实在酷爱跳舞。

激情，能创造奇迹。有一阵子，我不找工作了，只将自己关在屋中写小说，体会到枯竭的心底又有了暗涌，那也是生命的源头活水了。我让自己流浪其中，从不同书中人物的角度，便俨如拥有了多重人生。周围人都评议我不讲现实，但有一个西方友人说：

“你应该对他们说抱歉，因为你的日子比他们有趣得多。”

这友人是个棋迷，下棋是他的激情表达方式，难怪他对我惺惺相惜，大抵我们是同类。

实际上，我并没有因为自我写作就走投无路了，一个遵循内在激情律令的人，命运自会敞开一条路子向你走来。

刀斩桃花

女人请了风水师来家，布下一个“九曲盘龙桃玄阵”。

据说是为着斩掉男友的外遇桃花。不知道男友获知后会不会周身惊颤颤地如被蜘蛛网罩住了。

要知道那同居之家的摆设是虎视眈眈冲他而来，床头的深色玻璃樽，客厅墙上的铜钟，饭厅角落的七星灯及木制骆驼，全都有着风水术的机关暗藏。掉入这个阵势的男人，从此便束手就擒了吗？果真，他和女友在公开场合都是十指紧扣，柔情蜜意彼此传达个不停；但另一方面，他一直婉拒着女友及其家人的结婚示意，便说明那结婚的关口是他的底线了，要紧守着。

有些男女关系在外界宣扬得越和美，私下是越发难解仇怨的。

这关系到底还是个争斗，而不尽然是自然情感发挥化学作用。找风水师布阵的总是弱者，弱者要维持优势，控制另一方，便不惜采用虚实相间的战术，将气场能量之类的武器都用上,来个“攻心为上”。当然,这弱者往往由女人充当，女人不比男人，一旦恋爱关系上失败了，便因了年龄因素再难翻本。

女人天性阴柔的特质，也令她们较容易用了阴招，以柔克刚。

还有个女人更是高明，碰上丈夫流连夜店不归了，便急忙去找她的西藏高人用密法求助，不仅如此，还干脆将西藏高人变成了自己和丈夫的老友，经常周末一起聚聚。有个神人稳住阵脚，似乎更能“不战而屈人之兵”。那男女战事无形的刀光剑影都在了谈笑风生里。

总觉得女人的误区，是将男人变为自己的战利品。

告别黑色

想买一件黑背心，跑遍大街小巷而不得，不由感叹:黑色确实过时了。

今夏的流行色是缤纷而玲珑，一眼望去都是淡粉金黄，那久违的红色又回来了，宝石红，砖红，紫红，简直是在敲打你的视觉。红色是过于有企图心的颜色，女子将它与其他颜色混杂着穿，于是那意蕴是重叠的：红配白，是清纯而不乏妩媚；红配灰，是含蓄的张扬；红配绿，是极度自信才敢一试的大俗大雅了。衣服有了表情变化，城市都绚烂热闹起来。

而几年前，香港是穿了黑色的，店里一律是黑色供你挑选，那时经济下滑，我相识的女子便趁一折二折买了大堆的黑色名牌去，如今她后悔了吧。

“黑色是不怕过时的颜色。”她自我安慰说。

名牌货总是取用基本色系，而不轻易在浮丽间流转顾盼。黑色，沉默而耐久，只是那女子终究还是在黑色中露了白色的内衣领或滚边，让黑色得以调解。黑与白，代表了阴阳对立统一的道理。

有一路子社会心理学反映在人们对颜色的选择上，也是可供分析的，富裕的人们总是要用深色、素色装扮自己，从而尽显高贵平和，而当生活水平下降，便迫不及待要从色彩中释放自我。有一个例子可以说明之：上世纪三十年代大萧条时期，时装一下子变得前卫华丽起来，而且裙子加长拉大了，据说这反映了掩饰某种不安的心理。

最近，我便在店里发现自己多年买不到的大裙子，就一排排地挂着，长而过膝裙，灯笼裙，皱褶裙，想来香港的萧条时势要愈演愈烈了。

老法两种

一个北方老女人赠送自传书，书中附有照片。

那照片上是她吗？纯美如被露珠洗濯般，和我面前的老女子全无重合。书中说她出生于内地革命军人家庭，在国共战争的炮火中长大，曾代表新中国向外国来访元首献花。“文革”家变，随父母下放干校，那时她人到中年了，脸庞仍然洋溢着泥土掩盖不住的阳光与鲜花气息。然后是改革开放，她赴港做生意发达，猛地发福了。

发福了便是另一个模样。从前的她最是耐人寻味，当今那类女子少见了。

分析起来，只有一套集体主义乌托邦事物才养育了那类女子。而当今塑造人们的是时尚，一个女子无论何等天姿国色，如果不善用时尚包装，都会令人忽视。

时尚是令人脱颖而出的重要标志，它能将年龄超越了去。譬如，一个老女人在精致合适的品牌之下，连皱纹也看似图画了，她的一套华贵的生活史便活脱脱演绎在了人们面前，若再加上气质好，说不定你还会看她第二眼。

即便是老，至少她还有品味。

而在服饰上无所用心的老女人，便只能是被老的规律风化剥蚀，毫无招架之功。

内地经过社会辗转变迁的妇人们，大多是这模样，即便遇上新时代了，那革命时代粗糙的烙印已经打下。

前面说的老女人，向她碰见的所有人送自传书，她的用意我猜想是要陶醉在一声声惊叹中，因为人们一律要惊叹她的过往照片了。对于那一种理想主义的纯美无辜，何等装扮都是多余。

倘若她生长在自由制度下，不至于如此怀旧。

花瓶的品格

觉得有一种女子，无论怎样活都有道理。

有个在香港嫁了有钱人的广州女子，去美国追寻她一见钟情的男人，将婚姻离掉。

结局不顺，她返回香港，前夫对她旧情未了，将豪华的家布置一新重新追求她，她却一转身租了小破房子住着。我去看她，问她为什么不顺势认清这世间浪漫不过是镜花水月，和老实前夫重归于好，她带了挣扎的痕迹说：

“你猜我搬家第一件事做什么，是买了一只花瓶。”

果见她住处尽管简陋，床头有一只漂亮透明的象形文字图案青色琉璃花瓶。

“没有花！”我说。

她苦笑一下，说折腾至此，到了连花都买不起的地步了，但每晚独眠孤枕之际，一定要看一眼那花瓶，哪怕是假想一下花枝招展。“我不能接受没有爱情的生活。”她明确地说。

这世上有一种女子，注定要活得艰难，并不是因为她不聪明，而是聪明得过头了，她明悟事理却难免要与挫折相撞，因为一帆风顺的生活是管束不了她的丰富天性的。她于现实中迂回穿行，无论何等泥泞还是要冒出精神的昙花一现来。她在本质上与平庸世态绝不相应，因而反倒像是她错了。她认真面对自己，一定要搞清楚爱与不爱的界线，也是因此才保存下来了那一派纯真可爱。她和天下的美好事物有着相得益彰之效。她的女人性如此强韧，只是还没有一个合适的场子去发挥它。

广州籍女子，便是这等尤物混迹于凡俗。我懂她，她的前夫也懂她，我们经常在对她的赞赏中达到共识。

拒绝沧桑

一个名女人卖尽家当要去美国了。

年轻时代在欧洲读完书回香港。“这二十年生活宛如一场梦。”她说。结婚，离婚，婚外情失败，破产，拍三级片，一幕幕都是粤语残片的破旧凄迷。你以为她很沧桑吗？不，她依旧保养得白嫩光滑，什么都经历过了，至少赚了个丰富多彩的身世，何况，还有个“远方”在等着她。

有远方便有新的希望，她的中年的成熟都将平平实实地融入美国新大陆。

逃离伤心地是一个好的疗伤方法，疗伤方法还有几种，大致如下：

一、调整心态，因为万事万物“存乎一心”，这一点不容易做到，需要每个人按照自己的方式摸索，依据不同智慧及素养等等，读书很重要，有个立体看人事的眼光便不一样。很多人在宗教中找到根底。

二、找到有兴趣的事情，投入它，这是一种痛苦能量的实际转移，说不定能锤炼出一个大有作为的人。有个日本电影，写战后经济萧条中一位穷苦女子，开面点店求生，整天只是勤勤恳恳地揉着面团，就这样成就了跨国企业。

《你就是奇迹》一书说：对自己投资，你会获得百分百的回报。

三、孤独，这是我的比较特别的看法。有的人喜欢用热闹麻痹自己，过后更不适，靠朋友排忧解难是行不通的，因为实际上没有人能够真正地解决你的问题，而当你只是回到自己的洞穴中，有利于对人生体悟得较透彻明晰，当然，首要条件是你要具备亲近自我的能力。

一个在经受系列挫折后还能够神采焕发的人，起码称得上明智吧。

坐看云起时

一句“行到水穷处，坐看云起时”，令人怦然心动。

是的，人生眼看山穷水尽了，且让心恬然，因为新的情境就在前方一转瞬之处。

诸多例子证明这一点。工作没有了吗？说不定是你因此走入另一条道路：一个自我创业机会在等着你；想做自己爱做之事的计划终于实施；去大学深造，等等。做学问思路枯竭了？不用慌乱，其实灵感是会“柳暗花明又一村”地出现的。失恋？也许更合适的对象就在哪个墙角让你迎面撞上。无论人生如何曲折拐弯，回头一想，那冥冥中恐是有一番用意牵连其踪迹的。

上天之大德曰生，因此，你没有自杀的理由。

说不定因为一个苦难的契机你进入修行，而修行之福气又岂为一般人获得，那叫“欲穷千里目，更上一层楼”。

中国文化是一种打理心灵与生命的学问，古人之说多有安抚镇痛之用的。一个友人在生意大挫折后，两腿瘫痪，就是靠读国学书撑了过来，“那‘海纳百川，有容乃大’‘无欲则刚’，古书你看几句已是感到发热的了。”他说。又举一例：古人有“穷则变，变则通”一说，以《易经》来看，“困卦”原来是“井卦”，如果外部因素控制不到，那井里是不是可以找到资源的呢，有资源供养，慢慢外面环境就会变的嘛。这道理不仅适用于个体生命，也适用于事，可以灵活理解。

人生路子实在多得很，在于你是否调整好一颗心，有备而往。

纽约美巴黎美

发现一个现象：身边女友们去西方国家一段时期，再回来，变得格外好看。

这透露出原来的她们是有一些残败有一些呆滞的，原来，女子受环境影响如此之大。沉重的工作压力，可以令她们如戴上面具一般，而狭窄的场所与清浅的人文环境，一路只奔生存的社会，都不适合培养美女。

分析起来，从美国和法国返回的女子，美态各有不同。以同样一个女子来说，她曾经游荡纽约半年，回来时变化显而易见，那黑金丝绒无论如何恶俗，穿在她身上都是时髦，她，漂亮得锋芒毕露。后来，这女子去巴黎生活三个月，再回来，你要是不小心是认她不出的，这样说吧，即使她现身穷街陋巷，衣着不招摇也不化妆，都是一个熠熠生辉，甚至将周围环境也烘托得意味深长。也就是说，她已经超越了一般女子非得豪华事物陪衬的性征，她本身就是艺术品，甚至那一脸雀斑，也是风味美，一粒一粒像是画了上去。不由令人叹息：巴黎是可以这样去塑造一个女子的。

简括之：女子从美国和从欧洲回来，一种美在于风度不凡，另一种美在于气质韵味之含藏与流露。

有趣的是，这些女子无论如何被西方文化环境熏陶得美不胜收，回香港后，不出三个月，便被打回原形。

那灰蒙蒙的眼睛与不再光辉闪耀的容颜，令人觉得，明确直接的商业生活是如此摧折一个女子，而文化，文化如此重要，只有它是美的奠基，只有在丰腴的文化土壤上人类才能开放出性灵之花。

有关意志力

一本书写到尾端，便犹豫于动笔了。

如隧道工程，待一锹锹要将隧道凿通了，反而不适应外面的青天白日。

而回顾一番也是不堪，那黑暗与隐忍间是什么支撑着自己？恰巧读到一本书:《意志力》。如果你将自己化为意志，你的能量是源源不绝由无形中而来的，一切困难障碍都会让出一条路。书中将意志力置于个性的紧要因素。

无数事例证明:将精力与注意力凝聚于一点，成功的几率便高达十倍。当然，当事人的兴趣是否与此契合，至关重要,因为快乐都在其中了。而难道不是快乐才是终极所求吗?

持久专注，果敢虚怀。一友人将他三十年的 CEO 工作经验总结为八个字。持久专注，便关乎意志力，而果敢则与决断有关。也就是说，你在奔赴一事之前，要先有个决断，按照曾服务航空公司的友人的论点:决断对错与否，诚如飞机起飞的角度，倘若有毫厘偏差，便谬以千里，一架以纽约为目标的飞机说不定到阿富汗了。

对于我来说，这道理体现在写书的选题上，选题一错，那隧道是往大山里凿来凿去都是碰壁的，便只有用岁月抵偿损害了。

不消说，决断需要聪明睿智，需要你对自己的了解评估，而知识积累又是不可或缺。一学者说："如果我有十年寿命，我会用九年积累知识，为第十年的事业做准备。"

意志力需要磨砺，体能在其中起着关键作用了，将身体锻炼得强健，头脑便供氧充足，这些都是基础。

磨砺意志力的过程，也是磨砺命运。

星　味

“为什么内地演员没有星味？”友人问道。

就在不久前，他还在广州深圳游走了一圈，回来感慨在内地真是美女如云，满街可见。但论及内地演员，就没有一位如香港大明星，令他的审美感官产生化学反应。

确实，在香港的星光熠熠之下，内地演员要显得平和单调一些。我尝试地解释道：“别忘了内地的集体主义土壤，演员一般是不能凌驾于社会之上的，要承担社会责任，将自己视为社会整体之一分子，因而不自觉下受到约束，而对于明星来说，个性化因素不是最关键的吗？虽说当今社会开放许多，演员的成长历程不免与老一套传统思想有着关联的。”

以内地一名明星来说，她曾经大红大紫，但分析起来，最吸引的镜头也不过是躺在野地里闭上眼睛，被定格为某种视觉中心，她本身是空的，她的魅力所在只是一个被抽空的形象。

星味离不开包装，而包装要讲究技巧和追随时尚。以一个综合演艺活动为例，这边厢，香港演员是狐狸装、吊带装、鱼鳞装，披挂上阵，抢先攻占了观众视觉；那边厢，反观内地演员，都是随随意意的，A 的白毛衣是在日本街头扫的货，B 穿一身牛仔装是为了配帽子，而帽子是朋友的礼物，在行头上已是缺乏专业精神。

一个内地的大眼睛明星来香港宣传，唇膏涂出了唇线外，用舌头舔一舔，说：“为什么要那么注重表面？难道我的演技与功力不是更重要的吗？”

她很快淡出了屏幕。研习时尚，是当今内地演员的紧要功课。

距离学

时空转换下，感觉变了。

譬如从香港去北京小住，再想一想香港的事，便有一些缥缈。

某时装店的新货是否值得去买？《星球大战》快要上映了，迪斯尼乐园的婚宴是怎样的局面？

而北京的事变成关注点。这是距离的效应。身在其中和身在其外，大有不同。

尤其是打开互联网，凡是在香港习惯浏览的网站都进不去，那接通断裂感的线索也消失了。

而当返回香港，北京不过是记忆中的一个斑点。

难怪新闻学有一个距离说，意即要以媒体所在区域的新闻信息为主，方才吸引读者。人与人之间，距离也一样起着动态调节功用。时空距离令感情淡化，因此人们要和商业或利益伙伴保持联系，逢年过节打一打电话，经常出现在社交场所，哪怕向对方点头微笑一下，看似无谓，其实都是感情投资。有一个术语叫“联络感情”，意即在感情上做工作。

恋人相处，也是需要“零距离”，把握“趁热打铁”或“速战速决”，都是没错的。

当然这主要是指身体距离。一个女政客在百忙中抽空陪丈夫看戏，并说：“男人是水，要不时用火加热着，不然的话就要凉掉了。”

活在片断中，是时人的特征之一。

家

当飞机冲向所住城市，对家的思念便如舷窗外的灯火般明亮了。

这个时候，你发现，无论在外地活动观光何等热闹，那颗心是越发虚空了的，只有家才能填补它。家，原来不只是意味着住址，它更是与你相依为命。只有回到家中，浑身细胞才恢复了清楚的排列，这也反映了外面社会的混乱无序。这个时候，你回归了自己的内心，而不再浮游在市面上，家体现了隐蔽物的功能。

这个时候，你吃一口简单的食物，滋味胜过酒店大餐。

收拾一下杂物，是与家亲近。

坐在椅子上听一听音乐，快乐便升腾起来。

要是有一只狗扑腾跳跃着，让你将手伸进它的毛绒绒的温存里，更好。有一次，一个亲近友人出门去，我去她家小住，她家中有一只狗，我和它相处得不错。只是十天下来，那狗被我养得瘦了一圈。毕竟，是人家的狗，两相隔了一层。

毕竟不是自己的住处，任凭哪里都是冷冰冰阴飕飕的。

由此可见家只能有一个，不容混杂的。一个友人，很向往的反而是住酒店。“要是住在一种带套间的酒店里，由侍应将食物端上来，多好。”他说。他的“酒店说”并不令人惊讶，他拖家带口四十年，平时劳碌不堪，那异乡的酒店成了个人空间的象征了。

只是从日常生活中逃遁或抽离的潜意识，可以通过酒店实现吗？

而独处是等于天天住在友人的“酒店幻想”里。因此一个人的家是值得庆贺的，它百分之百地属于你，对你体察入微，如果你热爱它，自然会这样想。

清静之好

香港大学图书馆是一个好去处。

在香港住，搬来搬去总是环绕着港大图书馆，一张三十年期限的浅绿色图书馆证，放在钱包夹层与信用卡身份证八达通一样随时取用。当年导师问道：“为什么你要选择来港大读书呢？”“图书馆。”我只回答三个字。我对图书馆生活的渴念真的成就在了顺便拿了个硕士学位的现实中。

那岁月因为沾了深深浅浅的墨香而温润如玉了。暑期的图书馆，常是整层地空寂，只有我一个人在书架间散步。有一种自信沉着的性质正因此锤炼而来。

我相信与图书馆为伴的人是有静气有祥和的。“天堂，应该是图书馆的模样。”阿根廷作家博尔赫斯说。

我有个习惯：每到一座城市便先考察它的图书馆。北京图书馆号称“亚洲第一”，构局庞大却不是令人妥帖的，要先填了卡片，请柜台后的馆员帮忙找书，再由滚轴带往大厅吱吱呀呀输送出来，人与书便隔了一层。在华盛顿 DC 有个国会图书馆，也是效率不高，但那古董桌椅令人呆坐着便已是享受了清静之好。

一九五五年，当博尔赫斯上任阿根廷国立图书馆馆长后,眼睛失明了,他发现自己“被包围在没有文字的书籍中”,也就是说，心灵的图书馆依然存在。心灵的图书馆又是“无限”与“周而复始”的“迷宫”,正如他在《分岔小径的花园》中所写。“肉体终将消失,而心灵的产物——图书馆将永恒。”他说。

有一天，倘若离开香港大学图书馆，我便要尝试构筑心灵的图书馆了。

位　子

歌星亮相在舞台剧海报上，舞台剧票房冷清。

歌星在歌坛霸占“大哥大”位子，与他做舞台剧主角的颓势形成鲜明比照。“位子”是个有着化学作用的词，人在一个位子上被定格，想要改换并不容易，大抵是因为大众在心理定势上习惯了原来的他。一位女士并不怎么出众，但在选美中被送上冠军位子，她便越来越亮丽，一团光环效应闪现在她身上。

位子与形象密切相连，因此好演员都避免去演反角，弄不好被观众憎恨，就只能局限在坏人堆中了。一个宗教领袖的位子也是要将主人越发塑造得威严神圣的，倘若他去世了，再上去个继任人，却怎么看都平实一些，要声势浩然还得在那位子上经营多年才行。政客下了台，无论如何卖力写自传做宣传，那面孔都像从木偶上复制下来的。据说老男人退休之前往往要炮制一场真挚的婚外情，出于对没了位子的恐惧。

如果坐准位子，也就是说那位子贴合主人兴趣专长，便离事业成功不远了，否则是事倍功半。

位子总是比人本身先吸引外界瞩目。当然，也有人与你交往，是更注重你本身的天然因素，可惜这样的知音寥寥。

应该对自身位子有个醒觉，以便在社会上攻守自如。有一个女记者，从传媒辞职回家生孩子，然后，她回到原来的友人圈子去，那交流便很是尴尬，而她必须和一群妈妈聊天才感到合适了。

某前卫剧：人在幕后用绳索操纵着椅子的排列组合。是对位子与人的关系的暗喻吗？

上网找对象

“从今天开始，我们决定上网找对象。”

某单身女子说，摆出普天下男人们都在那里等着她一网打尽的神情。她甚至带动周围单身圈子投入了战斗，互壮声势。三个月后，我问她这事，只得一个“哼”字。

她照样该忙什么就忙什么，将那单身日子过得从容细腻。

网上交友世界永远是沸沸腾腾，总有人去了来了，一浪盖一浪的。“真情小天使”“爱相约国际交友”“新同居时代”“夕阳红俱乐部”，一个个网站动辄号称会员百万，五大洲四大洋各色人种皆收罗了，不同年龄段不同需求，都在细分的范畴中得以照拂。那条件写得清清楚楚，爱好多是“旅游”“音乐”之类，男人要找温良漂亮，女人要找诚实健康，在千人一面的势头中，也是可供开拓一条蹊径的。

而据我分析，上网找对象至少有两个问题：

一、按照大众化标准作选择，弄得再不清楚自己想要什么。

二、一来二去太寻常，即便建立个关系还是分崩离析得容易。某女建筑师上网谈成一位，亲赴男人所在国家，相处愉快，不料三个月后，男人声称又找了一个售货员女子，人家比她年轻，然后便消匿不见了。

那庞大的网上诱惑是令人不甘停驻的，总有更好条件的对象在网上等着自己。实际上，上网的人都知道，那“过尽千帆皆不是”的定律，是无处不在，网上世界更寂寞。

那人性被网络消磨着便粗粝了不少，光阴在希望与失望交叠间流逝得不知不觉了。

塔罗牌

一副塔罗牌，从木盒子的丝缎包裹中被取出来，摊开在台面上。

你的人生便也袒露无遗。这是在尖沙咀山林道僻静处的一间店子，环境小巧温馨，布置得很是异国情调，小女子坐在古董椅上，让你将榻榻米上的牌局拈起一张，说出疑问。

与人关系如何，转换事业方向是否合适，一场恋情有无结果，生意谈判成功与否，等等，她一边解答一边凝望着塔罗牌，如果说空气中玄机嗖嗖，那么应该是这牌引发的气流变化了。一张张牌画着神话般人物风景，含义并不确定。譬如“愚者”，表明你即便是莽撞进取，或许包含了可贵的童心；“魔术师”：成功与失败都在一念之间；“女王”：幸福生活中倘若产生懈怠之心，便引起了负面效应。玩塔罗的小女巫，倒也像是一位哲学家。

你的人生在随机的牌局组合中衍生出多重意味。聪慧的塔罗师，不给你具体答案，那命运的神秘线索在牌中又在牌外，不在你自己身上又在你自己身上。而一切在于变量。

当你遇到这么一位，就知道她的店子不会关闭。

这何尝不是一场心理辅导，何尝不是一个契机让你了解自己。我有一个友人，询问自己何以多年摆脱不了忧愁，抽出一张牌，上面画着女孩子凝望水中月亮，而一个男人背向女孩子成为背景。他不等塔罗师解答已有所悟了，当场激动地跑出了店子。他是个一直挣扎于潜在同性恋倾向的人。

友人来了，我便带她去塔罗女巫的小店子。那是一个活动节目。

整容战

如果不是有人报料，谁也不会设想那些有名美人都是在整容战争中冲杀出来的。

A 是削了面型，B 是打生物制剂针除皱，C 是将肋骨取出来垫在鼻子上，D 是换上一口比钻石还贵的牙。

报料人为显示权威性，说:不信？把 ABCD 的从前照片找出来比较一下吧。当然没谁有这个闲工夫闲心思，过程在当今社会比不上结果要紧。我倒是检视了一下前后照片，平心而论，整容前的女子也挺可爱，各有性格气质，那刀光血影下的漂亮令人无可挑剔，就是神情有一点点断裂，与生动自信之类沾不上边了。

那沙龙摄影式的漂亮是塑料纸做的。仔细观察，神情天然的美人不在大动干戈的整容行列。

据说整容术是上瘾术，越是做越是容易对自身不满意，因而越是要将不满意部分填填削削，弄得循环往复，离本来之人远之又远。又据说整容术有个羊群效应，一些女人好端端的也要在脸上找出问题去校订一下，让整容医生乐得偷笑，整容生意兴盛不衰，都跟女人对美的精益求精趋势挂上了钩。

我知道一个女子，看起来女强人一个，而实际上她的心是柔弱婉约的。但她已经没办法显示这一点，整容前她的脸写着她的心，也是一样的柔和婉约，但如今却是轮廓鲜明了，给人印象是要在事业上大拼一场，十分的急功近利，吸引来的男人也不似为她本人匹配的，生活都走了样。

人是一个复杂的系统，根据“牵一发而动全身”之道理，会不会总有一些相应的隐患在整容手术后面呢？

有一种爱情是欣慰

五十七岁查尔斯王储为五十八岁卡米拉画裸体像，塌陷的胸部与松垮的肚子在他面前全是艺术笔触了。这是婚礼前夕。

英国广播公司二台记者偷窥了这一画面。在令人惊异中也是一个意味深长，三十四年爱情履历，在普通人来说也已经消化到了日常中，但有一种爱情就是老而弥坚。婚礼中查尔斯的眼睛笑得亮晶晶的，和平时在公众场合的常规笑容大有不同。

这一种爱情显然是有着欣慰的性质。记者问卡米拉:“查尔斯王储向你求婚有下跪吗？”“当然。”回答是快捷而调子高昂的。

自信在于她明白自己对于查尔斯的独一无二，这一点并没有抬举她的相貌平凡，尽管男人的深情款款往往对女人的魅力起着烘托效用，但和查尔斯在一起，她看起来还是相貌平凡的卡米拉。

与黛安娜王妃相比较，人们对卡米拉的负面评价是干脆果断的。黛安娜生前的尴尬或许包括一点:假设丈夫的情人是一个惊艳红颜，一番争宠说不定还有个盼头，男人不过是担了“风流”之名。新婚不久,查尔斯扔给她一句话:“你的腰胖了。”她便拼命节食减肥，她的迎合一点没有拉近两人的距离。实际上，她面对公众的热诚愈高，愈是卖力履行王妃的责任，与婚姻的冷清程度愈是成了正比。

当公众用掌声塑造了一个黛安娜神话，查尔斯向卡米拉说:“我想住在你的裤裆里。”

住在卡米拉的爱情里，像是比在王宫中更令查尔斯踏实，她与他一样都是崇尚哲学与闲适生命的人。

幸福是一种能力

一片乌云飘进头脑，抑郁病人描述说。

然后就是看一切灰蒙蒙的。香港有抑郁病人四十万，那岂不是“黑云压城城欲摧”吗？

但我们放眼所见周围都是平安淡定。“开心吗？”不时听到这样一句问候语，那眼巴巴盯着你问候“开心”的人，你倒要小心他是抑郁症。有一种抑郁症是不露痕迹的，医学名称叫“面带微笑的抑郁”。据心理学医生说，防治抑郁症有几种方法，如增加人际沟通、运动、服药。

很少听香港人说起“幸福”，俨然开心就是最高境界了。其实，对于暗自和抑郁症搏斗的人来说，幸福更是良方。开心如泡沫般起灭，而幸福是无穷无尽的，它只能与超验事物相关联。生活面目纵是无情，而又有情，因为有一个空间极尽造化之妙，它就在你的精神生活中。把握了它也就无往而不胜。

在基督教团聚中，见到人们集体陶醉大唱圣歌，我猜想他们是幸福的；一个行动与兴趣相契合的人，是幸福的；读书思考，让头脑与事物保持一种摩擦感，又让情志感觉丰盛，是幸福的，这正如尼采所说的将人生变成审美经验的观照，倘若如此，你即便是看到一队蚂蚁在树下忙忙碌碌地迁移，由此滋生的感慨也是幸福的；维特根斯坦将家族遗产匿名捐送给了穷艺术家，说："太多财富对思想者的自由是妨害。"令生活由繁到简，腾出精神生活的空间来，无疑是智慧也是幸福。

幸福的法门多的是，要触及它，需要一点能力。

私房菜的情感故事

在私房菜馆，热闹间，女主人穿着围裙从厨房走出来，这不是个十年不见的熟人吗。

十年前她是作家，在一群人中风格狂放突出。报纸副刊经常见到她的文章，后来专栏版缩减，她无声无息。再早一些年香港电影兴盛期，她主演过几部电影，那旧海报就贴在私房菜馆墙上，她的青春与漂亮，从中依稀透显着。

如今，她变成一个将私房菜做得出奇制胜的人：辣虾、煎炸黄鱼、甜酱鸡翅、腊肉炒年糕。据她说是兼合了各国菜式所长，才炮制出如此繁复的风味来。

人生就是这样落到油盐酱醋的实处。她看起来也有几分平实，将手摊开在围裙上。

开私房菜，真是一个好归宿。我周围有几个女友，菜做得一绝，我总是盼着她们以后退休了去开私房菜，这样自己也可以到处吃喝又因为付了钱而心安理得。和朋友饭热菜香地相处着，是一份实在的温馨。

周围私房菜大兴，大概就是因了这样一种人际间的需要，又大概与香港经济不景气有关。私房菜馆大都开在街道隐秘处，没有招牌，因此不是圈中人是不会走进去的。虽然有些没有牌照，政府也不管制，等于是默许一条活路。一些文化人就将品鉴与创造能力投放到私房菜上。那小而安静的环境，虚拟的家庭情调，也很吸引人。

私房菜，是一种人生态度。

我相信食物是可以传递情感的，私房菜馆，是传递情感与人间故事的驿站。

五十万年之后

旅游回来，发现所居之城并非不可容忍。

读完一本好书，便开始从容一些打点日常生活。

病一场，原来大地是如此踏实亲切，简直像个怀抱。

静坐之下，那交恶的友人形象变得柔和了，想给她打一个电话。

将我们的生活上下前后地腾空来看，各有不同。一位因公司人事变化提前退休的女强人，去加拿大看女儿，在异国待不住，又匆匆往香港赶，却不知道赶回来做什么，从飞机往外看，察觉一切都是那云端，虽是具象却更是虚无地被夕阳涂抹了一层光彩。

当然，如果将参照人生之坐标推远到五十万年以后，那就对我们的思考感受一点用也没有了。

请你让这个镜头留存在脑子里：一个动物，浑身布满鳞茎状血管，趴附在30米高的树枝上，用它那有力的爪子抓住树干，等候着黎明。当第一缕晨光映照在死气沉沉的荒野上，它立刻展开鳍状器官，贪婪地吸收太阳热能。之后，它从树上攀缘而下，将长在腹部的一条大脉管伸进湖水里，吸取着蓝绿色藻类。它抬起头来——

竟长着一张人脸。

是的，这是人。据古生物及人类学家D.Dickson《后人类》一书，五十万年以后人类就是这个样子，由于累累孽因，只能退化为树栖动物而生存。在计算机游戏中，也时常可见这一类怪物，它或许被命名为“半兽人”或“魔怪精灵”之类。

当现代人在计算机游戏中与树栖动物对峙，电闪雷鸣一瞬间，或只被淹没在冷漠的键盘敲击声中，然后一切继续。

瑜伽友人

友人在印度某瑜伽营地生活半年回来，见到的她，要素静得多。

不仅如此，还有一番变化，打个比方说：以往她身上好像背负着另一个人，那个人不见了。她，又回归了自己。也就是说，以往被俗世忧喜生拉活扯的她，如今将自己理顺，难怪连略胖的肌肤都收紧了去。那衣服穿在身上不再东鼓西突，而是默契地配合着她本人的绰约风姿。

她举止缓慢，还没恢复香港生活的急切节奏。问她瑜伽心得，她说：“怎么说呢，一个没吃过苹果的人要想知道苹果的滋味，只得自己去尝一尝。”又说，“至少，我看清楚了自己是个什么人。”也就打定主意在今后生活中走出一个真实的自己，难怪如此淡定。

我们聊天说地，不免要东家长西家短的，但内容变得简洁得多，不再在女人的啰里啰唆间兜圈子。当我说起自己在中资公司被排挤的情况，她明确地说："不要说了，那都是些人渣！"看，她一下子就搞清了人事的底子，搞清了有才气的人必然不被国营机构见容，用词精准。她打开计算机放出一张张照片：她的上师，她的同学，印度人，日本人，韩国人，北欧人，一个个都有着漂亮的眼神。"世界上美好的人美好的事那么多，为什么要将自己浪费在那些人渣的话题上呢。"她说。

难怪她的眼神有了一种漆黑的光彩，忽的我悟出：近朱者赤是没错的，这半年她在印度只跟美好的人和事打交道，难怪要通体变化一番。

"瑜伽，帮你清理身心的毒素。"她说，她的皮肤病也没有了，就是因为这个。

和瑜伽友人在一起，果真神清气爽起来。

流动印象

印象派画展在香港是盛事，参观者要排长龙。

要费一番力气才能挤到每一幅画前面。雷诺阿《躺着的背面》描绘一个背向而卧的裸女，一男孩挤不过去，便问同伴：“怎么样？”另一男孩响应道：“看不到她的面！”又有人在数着一幅花卉图中有几朵花，说：“五朵！”那马奈《吹短笛的男孩》吸引了最多的目光，是出于它的作价四亿元的报道？

四十七幅作品总价值四十六亿元，这一天文数字不能说不是噱头。

但印象派起初在西方社会是灰头土脸的。1874 年，一群印象派画家在巴黎举办“无名画家画展”，观众无几，评论家说：“这是一群视网膜出了毛病的人。”

所谓印象派指画家作画并非客观如实描摹事物面目，而是加上个人印象，不拘形式细节，讲求瞬间视觉感受，大胆运用色彩与笔触营造氛围。它衍生出一个“后印象派”，更是情感与笔墨混杂不分。这之后现代绘画流派纷呈：立体主义、达达主义、未来主义、野兽主义、风格主义，等等。印象派是西方绘画从古典走向现代的界标。

据法国某艺术家介绍说：《吹短笛的男孩》之价值，就在于没有深意没有内容，只是单纯表现出一个人，而不是讲究宏大叙事与历史场面。

当今时代这一类画比比皆是，但在那一时代算是创新了。

可见观念是画价的一个指数。要说印象派画家之技能，并无理性参照依据，但他们的画风是抢先暗合了人类审美观念之变迁的，画价水涨船高。

看法国印象派画展，再映照当代生活，确实为香港人带来一种时代流动交叠之印象。

遇上运程书

遇上运程书，忍不住要翻一翻。

运程书林林总总，如果有一本说你运气不好，不用气馁，因为肯定能够从另一本找出相反的说辞，相信后者就是。逐渐，你学会根据不同的作者相貌选择运程书，那看起来不太聪明或肥头肥脑的作者，自然是要被淘汰的；有的很懂得体恤读者心理，用辞讲究分寸，将每个属相星座都点评得优势十足，即便负面言辞也只是警告句式，“只求耕耘，不问收获”“以守为攻，重整军备”，就算是宣判你流年不利。

这一类人当然是聪明，懂得会说话也是为自己积福。

聪明作者还懂得在运程书中加插各种增运或化煞之法，很是实用，桃花运要招，桃花煞要化，读来玄妙有趣。原来，逛一逛花市买束桃花回家，在某方位插上，便是在冥冥中吸引与自己投缘的对象。

那花枝数字也是要讲究的。运程书搞得太细又令人生疑：遇上厄运要配压煞脚链或斑彩双面戒指；吃糖也能吃出好运来；某一命局的人鸡年不要往东方去；某一住家方位需要开电风扇增财运，等等，要是将这些如法炮制，累不累呢？

倒是一些道理是融通了人生的，如“要想改运，必先改心”，它反衬出其他都是小技。

一年结束，你对运程书预测是否与自己的生活轨迹相契合，并不在意，因为那各种预测是混淆了的，而人生之好坏也不过是依据不同的角度而定，不能一概而论。而随着新的一年到来，你又总还是要将对生活的希冀与信念交给运程书，因为，人最拿捏不定的是自己的一颗心。

香港太阳

在国际金融中心六十层楼看窗外，有一个太阳，从楼群中挣扎了出来。

用“挣扎”一词固然过分，但否则不足以显示楼群之尖峭挤密与日常生活之庞大。确实，在香港生活，很少关注太阳，只埋头眼皮下的事。

但太阳是一种心境，在高楼一瞥之下，那太阳像个蛋黄，不免凄迷。

又不免令人与俗世拉开了距离。犹记得古希腊神话中的年轻人用了蜡造的翅膀飞向太阳，直至翅膀被融化，掉落爱琴海而死。那也是追求真理之旅。

画家凡·高的太阳，令阿尔的土地与向日葵在画中熊熊燃烧着。

诗人惠特曼笔下，太阳是一份礼物，“今天请你和我在一起，你将明了所有诗歌的来源，你将拥有大地和太阳的好处”。

西方文化的太阳何等阳刚炽烈。在人类社会现代化进程不十分迅速之际，太阳与人生的关系也是亲近的，你不由自主要依傍了它，为它注入了诗意与热情。我发现在一些不那么楼群高耸的地区，或荒郊野外，或古堡坐落之处，太阳总是缓慢地滞留在那里的，洇染了云霄，配合了不同心境，有着诡谲变幻之美。而在香港要感受太阳很不容易。

实际上，香港也有着香港的太阳，只要撇开难以一瞥天空的街市，跑去山顶，那太阳一定显得大而圆；赶去上班途中的太阳要比黄昏的太阳明亮；海边太阳又是一番气定神闲。当然，你对太阳的注视要是被人家发现，或得一句提醒：小心紫外线伤眼睛。

不管它，就让天边的大诗意陪伴着你。

上海女人

某男星说，与某女星有着血肉相连之情。

这一点也不奇怪，令男星公然表露情怀而不嫌肉酸的女星是上海人。

上海女人之男人驾驭术，是有名的高超，全世界女人都比拼不过的。有一个电视节目，关于菜艺：上海女人煮一道茄子菜，先切段，用自制器具将茄子钻出一个大洞，再塞入调味肉碎，下锅烹调。结果是怎样的呢？不很受欢迎的茄子菜在上海女人手里，就变得酷似一盘鳝鱼般，味道也似。

男人尤其是一盘大菜。一般人不在意的表面功夫，上海女人捡起来样样都是学问：那不是牌子的衣服如何穿出精致，五十元的桌子要用厘士花布铺上，青春美貌要毫不含糊地投掷出去，当然要选准了目标。在人际关系中上海女人尤其有一套加减乘除算法，她们的眼光是精准的，是从现实底子发射出来，仪器一般要将你钻个通透:家境收入职业前程等等，是否可造就之材。光凭口才或气质风度之类,你骗不了她们。

只有看得见摸得着之物，才能彰显她们那实实际际仔仔细细过日子的技能。

因此很少听说上海女人嫁入富豪之家或拼做了红颜知己的，那不是有一点抓摸不着边际吗；上海女人一般也不青睐政客。她们是不屑于鱼死网破之情的，早已明白生活中点点滴滴是真。她们的力量无坚不摧之处在于生活；她们的工具——理性，无往不胜之处在于生活。

一旦你被罗列在她的生活之网，那便插翅难逃，不如乖乖接受照顾或改造，做个舒心男人。

夜读福柯

读福柯，便知道通向死亡有一条快乐的路。

为什么艺术只与物体发生关联，难道每个人的生活不可以是艺术品吗？法国思想家福柯说。

他用生命实践着死亡艺术，再用一套理论体系做铺设，快感，必须成为文化的一部分，他说，快感应由创造而来，人本身没有不可改变的规范，也就无所谓什么隐藏在外表下的本质。“不要问我是谁，也别要求我一成不变。”这是他的名句。

写作是自我创造的一部分，它是“为吸引漂亮的男人而写”。福柯是同性恋，对于他来说，同性恋也是一种自我创造，尽管医学揭示它由基因决定，边缘的体验也是疯癫的体验，因为边缘意味着极限与危险。福柯研究疯癫，在《疯癫与文明》中揭示“理性的历史特征实际上是一部疯癫史”，疯癫症状包括：酗酒、吸毒、施虐、受虐、性快感等等，还有参与政治活动。福柯正是在六十年代法国政治反文化浪潮中写出《规训与惩罚》。在一次加州死亡谷放浪形骸之旅后，又有了《性史》。

福柯将自己的言行归结为“逼近死亡”，中国人是将死亡放到“天人合一”中去化解的，而西方文化对死亡是直面叩问，甚至是福柯式拥抱，将死亡与诸种生命本能放在透明玻璃瓶中做研究。

读福柯最好在静夜，这时候可以任他肆无忌惮地敲击你的心脏。当然，你还要足够年轻，能挺得住，中国人年纪大了一般就赶回自己的传统文化里去了。

那色情与学问结合有一种异端的美，令人印象深刻。

美在经典

一张奥黛丽·赫本的黑白照片，悬挂在友人家空荡荡的客厅墙壁上。

以此判断友人是追求高雅型，当然，如果悬挂的是玛丽莲·梦露，那另当别论。

动不动就还是奥黛丽·赫本，在杂志画面上，在渡轮码头你一抬眼便望见的广告牌上，当玛丽莲·梦露早已过时，奥黛丽·赫本仍然与生活相伴相随。那是某种一眼将你攫住的美，只适合以黑白照表达的美，穿破时光而来的美。尽管本人早已作古，但她留下的美成为经典符号。

时移世易，唯经典是永恒。

经常看到某女星被形容为拥有奥黛丽·赫本式的优雅长脖，又或是梳了个奥黛丽·赫本式的动人发髻。比拟奥黛丽·赫本，是一种时髦，但实际上，长脖放在该女星身上是累赘拖沓，那仿效奥黛丽·赫本式的发髻也只是显出一股小家子气的劲道。气质不对，便面目皆非。

男人说:想象奥黛丽·赫本的裸体像犯罪。

那是一种无可亵玩的美，又像从天堂衍生出来，与俗世无关。比照当今女星“抓钱第一”，甚至恨不得赤身裸体拼出去，不可同日而语。奥黛丽·赫本的出身值得推究:父母是贵族和银行家，精神与物质交织的七彩光晕在她身边形成一张佑护网。一个人倘若什么都不缺,也是完蛋了的人生,恰巧奥黛丽·赫本六岁时家庭破碎，在荷兰的少女时代又经历纳粹侵害。那一抹若有若无的幽怨，在水晶般的生命中投射了暗色光影，自是婆娑动人。

当代中国很多人暴富了却缺的是贵气，因而奥黛丽·赫本式的美难得一见。

金庸的历史

“历史，不能把它套用来看今天的政情，也不能用今天的观点推测从前。”金庸说。

语调有一点历史偶然论。要对历史做逻辑性的解释是行不通的。历史本身，并没有意义或目的，无可预测，这令我想起一本书：《上帝掷骰子吗？》，爱因斯坦和哥本哈根学派代表玻尔争论了量子力学四十年：科学规律本质上是决定论还是随机而没有框框？

最近，读一本《中国近代史》，美国徐中约著，它比其他近代史都理性客观，过程中那偶然性是格外清楚了，历史，不只是“压迫”或“反压迫”，不只是意识形态纲纲条条，而是蕴涵在大量“如果”之中，每一个“如果”都意味着历史的分岔口，大大小小的偶然性构成了历史延伸至今的脉络。

当然，要说普遍性规律，也不是没有的，这是历史学家的功夫，而历史学家不过是“事后诸葛亮”。

将自己放到历史中去想是有趣的。不过是历史的偶然性造成了你，而不是别人。

唯有一点可以凭古推今。金庸说：“读历史有一点，可以帮助了解人性，人性，是没有太大改变的。”

权谋嗜杀的人性，就在我们周围隐藏着，不过视乎有没有契机诱发而已。“从前读历史总是要问：为什么是这样子的呢？现在知道了：一切就应该是这个样子。”八十二岁的金庸说。犹记得当时听老人一席话，只觉得他武侠小说中的大漠苍茫之意境都侵袭而来。

人，在历史的皱褶中，渺小脆弱，但集体人性如此强悍，它应该为历史面目负责。

和历史交朋友

“读历史多了，人要变得大气一些。”听二月河说。

那大气也许融汇着一股子帝王之气。唯皇史观是二月河“帝王”小说系列的特点，一反“人民创造历史”说。二月河说：“无论‘英雄创造历史’还是‘人民创造历史’，两者不是对立的。英雄可以创造历史，历史也可以创造英雄。毛泽东在三湾改编时剩下了几百人，后来还不是解放了全中国？”“在我的小说中，我认为是康熙创造了‘康熙盛世’，当然，也可以说是康熙和全体臣民创造了‘康熙盛世’。”

友人送一部《中国近代史》，我一口气读下去，那历史事件起承转合之处尽是回肠荡气。中国封建儒家王朝渗入西方势力之图景，一路衍变而来，其间有几多散乱错综。皇帝一统天下之权柄，在西人枪弹与各路势力纷争中衰落了，结果又如何，还是诞生了一个人物，说一句话便风云变色，他，就是毛泽东。中国人演变到今天的社会形态，还是有帝王将相的影子一路闪烁着的，在集体无意识中。

二月河看历史是用了宏大画面感的：“譬如五胡乱华，匈奴人是怎样的一种形态和心理状态？我虽然不强烈但能清晰地感到，这里面有一种历史画卷。”

和历史交朋友，确实于人生有着美妙的拓展。我自己在写小说中，发现对于一个作家来说，如果有整个民族的历史在身后，那笔下人物事件便有了深邃的源起，写作心理便有了积淀，要自信沉着许多。这，也便是二月河所说的“大气”吧。

招财娃娃

一对搭档女歌手一直在红。

带着两张长得酷似的脸蛋，一时是童话小公主，一时是邻家小女孩，一时是前卫太空妹，这一组合打遍娱乐圈无敌手。

一连数年没有败下阵去，甜蜜圆满的面孔才是法宝，在香港不景气的时代，人们要平衡贫弱焦虑的心，那圆面孔带笑似乎是福气的象征了，格外招人喜欢，这是不奇怪的，她俩长得正像是穷人家的新年贴画“招财娃娃”，一派喜庆洋溢。

香港不再需要Cool，不再需要浪荡或怪邪，只需要那么种单纯天真，它投射了人心世态的晦暗疲惫。

不仅天真单纯，简直是幼稚有理。在演唱会上，拍档女歌手扮鬼脸，玩急口令，翻筋斗。

青春是没有个性的，又像挂在枝头的苹果，你作为观众是忍不住要热血贲张跟她俩一块儿玩的，想要啃一口，这就是她俩的成功之道。她俩不玩诱惑，都市已经在各种诱惑中几近麻木了，她俩只玩一点点性感，让鲜花做衣裳装点着不甚起伏的胴体，让富足的愉快娱乐你。有时候，我觉得那一种圆熟有一点可怕，但也许是多虑，在当今，圆熟与清纯并不矛盾。

犹记得一次，我和一位影艺圈人士聊天，影艺圈衰落了一些年，影艺圈人士没事做，便整天捉摸着极个别的成功案例，说起那一对扮成同胞胎的拍档歌手，他说："两个小毛孩子而已嘛，现在人们审美品味是愈年轻愈好。"他摇头叹息自己周围一班人老去，一句"老敌不过青春"，便自我开了脱。

当然没这么简单的。

赤脚女孩

南丫岛的西方小女孩，赤着脚。

不喜欢穿鞋子，父母也就随她去。那赤脚的日子有一点冰凉磨蹭，习惯了，也就浸润着自然的快乐，小脚丫黏着青草与砂粒，有时候还划了伤口，但一出门，还是干脆利落地滑溜了去，像小鱼。

那山路是无障无碍的，童年也是无障无碍的。一次，女孩子竟赤了脚到城里去（由父亲带着），遇到穿戴得齐齐整整的香港女孩子，手里擎着气球。她盯着气球上的图案，眼睛亮闪闪地笑。香港女孩子只是呆头呆脑，盯着她的小脏脚发呆，悄然问自己父亲："咦，她为什么不穿鞋呢。"

西方父亲主动告诉他们："我们从南丫岛来。"

"哦，南丫岛。"本地女孩子说，仿佛那是另一世界。

不穿鞋的童年，不带任何防卫机制的童年，无拘无束的童年，对于女孩子的将来有着怎样的影响呢，会不会令她因此更贴近哲学？讲求真心实地而漠视功利主义？坦诚而不矫情？当有一天，这小女孩子变成了一个女人，她会让几百双鞋包围着自己吗？圆头鞋、尖头鞋、羊皮鞋、高跟鞋、平跟鞋、系带鞋、皮靴、绣花鞋？不同鞋子配合不同的衣装行头，在不同场面亮相，可以透显女人的万千风情。

这样的女人在我们的生活中比比皆是，仿佛拥有愈多鞋子，自信便愈充足。南丫岛的赤脚女孩子，我猜想不属于这一类。因为，简单和无牵无挂之美感，已渗透在她的性灵中。

读书与从商

内地友人托我代找管仲连，并呼道:香港竟有此等人也。原来他是读了管仲连的企管文化书。

我找不到，文化圈中人说:此人隐居不露的。

后来见到他。一介文弱书生，身份又是上市公司老板，可能吗？据我所知，世上是什么人就在什么位置的，所谓针无两头利。他对我的质疑笑说:成功之道，正在于读书。要说读书，管仲连有一番心得值得借鉴。从商，读西方社会学的书大有裨益，他说，从这一层面你可以看到交易中不同要素的组合关系的。另外，国学是有关生命的学问。

遭受挫折，国学书是很好的凭借物。“中国文化可以令人进退浮沉之间从容自在，那‘海纳百川，有容乃大’‘无欲则刚’，古书你看几句已是发热了。”相比之下，西方文化不过是提供一个角度，于感性层面无补。

但当你在中国文化中调养好自己，再投入实际商战，还是要用到西方社会学。“人民币升不升值，便牵涉许多，影响生意部署，要集资还是借钱？增加中国资产还是海外资产？如果你不了解政经大局，是做不到决策的，科学发展实质上有些什么内容呢？如果将它变成实际行动又如何？公司路向配不配合中国政策？前景如何？这些都是社会学研究范畴。”

再说回中国文化，管仲连认为它养成的胸襟结合西方学术训练，更令人能纵观全局。同时，中国文化可以弥补西方文化将事物分得过于清楚的不足。

总之，一套从商经历正是可供身心与学问驰骋。

公鸡图腾

喔喔喔，竟是公鸡打鸣声，从友人的手机传扬而来。

“从计算机可以下载这种电话铃声。”对方说。我摇摇头。

脑中盘旋着公鸡鸣声，它来自遥远的昔日与并不发达的社会图景：在家宅附近或院落一群鸡中，有一两只昂着脖子四下巡视，羽毛漂亮，神气活现，那，便是公鸡了。它总是将食物啄一啄再让给母鸡，表现出高风亮节。有时候我怀疑自己推崇男性中心的性格倾向，说不定从中而来。

那时代的鸡，一只只有性格有色彩，如今，你却只能在菜肉铺的笼子见到它们。超市标明“rooster”的冰冻鸡只，我是拒买的。犹记得小时候家中有一只公鸡，名叫“大傻瓜”，总是用红眼球瞪着你，像似懂非懂你倾诉的话语。

它总是迎接我放学回家，冲过来让我抱起它，并大声唱歌表达欢欣。

小朋友们见了称奇，追逐它，它躲进地下管道，直到我到场才探出脑袋，委屈地发出母鸡的咕噜声。

成长时代有一两只公鸡相伴是别致的。有一些年，任凭什么场合看见公鸡，我就想是不是“大傻瓜”回魂转世呢，“大傻瓜”死于母亲刀下。

公鸡愈发变成图腾似的存在。最后一次见它是在街头一处窗棂边，用红绳系着，任凭人走近，它都气得冠子通红，两腿蹦起要拼了命去。也许在它心目中，整个世界都是恐怖、冷漠、敌对。不久，它便踪影全无，估计是被吃掉了。当时，我为它默哀了一分钟，也为这时代再也找不到田园美景而默哀。

退休问题

一个人有无文化底蕴，退休后更可体现。

退休，一个标界般的词，又像山峦一样挺立在生活中，一旦你翻过它，是满目的夕阳景色。

时间松懈下来，不再紧绷绷的，反而令你不知如何自处，那工作惯性仍然在发挥着某种化学作用。有一位老先生，退休后的一天又神差鬼使地去原来办公室，习惯地享受昔日下属递给他的一杯茶，人家过分客气周到，令他一下子醒悟过来。

于是回家去，老得很是迅速。

越有地位身份或在台面上越是风光的人，越是不甘沉寂，和社会失去互动是不知所措的。虽说一直神往悠闲自在地随心所欲，待有大把时间打高尔夫球钓鱼旅游看书陪家人，那全然的自由状态，原来也令一切失去滋味。

一个明星，由于电影市道差无工开，处于半退休状态，选择了出山:于一卖杂货机构担任职务。

俨然又有了立身之本。无疑，那张以商人身份亮相的脸再不如以往美丽动人。其实，该明星应已钱财不缺，为何还要做些没情没趣之事呢。

人世间多有美好空间可供开拓。有一些退休人士看起来是情致高昂的，他们有的在公益事业大为活跃，有的通过其他渠道仍然对社会发挥着作用，或在精神上历练好自己，从容而泰然地享受传统文化，而不是被动地让时间把自己淹没了去。

这类人你是可以从眼神辨别得出来的。

我为自己的将来设计的是写童话小说，就用这一套对付那时段。

买买买

女人将充当窗帘的一排衣服拉开，哗，阳光滑落进来。

这才惊觉多久以来自己是何等愚蠢，好好的日子，为什么非要让衣服塞得满满的呢。

而且是穿不了的衣服，有的还连商标都没撕下，雷同样式太多，一律黑色，如今，黑色不流行了，怎么看都是沉闷老土。该拿多到橱柜装不下的一堆布如何是好呢？开店子寄卖？捐救世军？想当初自己购买它们是何等疯狂霸道，在镜子前每次穿试，都如诞生了一个新的自己。

不同的自己，其实不过是一个无聊空洞形象的倒模，那是一个连自己都不愿意面对的形象。

因此才要乔装打扮它。分析起来，女人购物多是要暗中与人攀比，以平衡嫉妒心理，在占有中满足快慰。男人的战场在政治经济社会，女人的疆域往往在此，何况名牌时尚中是有着某种衍生价值的，与它打交道，自我身份似乎得以肯定。“在错觉的年代里，身体外表前所未有地成为美丽伪装。”我又想起这一句诗。

累吗？当然。

因为，新一轮商品广告又接踵而至，让你的眼睛和欲望再度发热，要冲去店子里决战。

真是自由的囚笼。我认识一个女人，最近推行“不消费主义”，在街头遇到有人递折扣广告或新货样品，一律摆手。她，刚入大学读博士，过什么简单日子都妥帖，因为精神有了安置之地。

一个真正懂得安置自己的女人是有一套逃出消费囚笼的路子的。

搬家记

又一次搬家。

要扔要买，生活重新安置是令人惊喜的，沿街的家具店工艺品店又都属于了自己。用中国瓷器自制台灯，灯光要有层次变化才能表达夜晚的情意；地毯令家中柔软温和，对赤裸的足像来了一番拥抱，每个房间都要铺上，这是家中唯一允许色调杂乱的环节；到处都是布，化解着原址的土气门窗布局；家具要老，才给人踏实感，我一直不明白光亮崭新的现代家具有什么好，它们是板起面孔要让人生直来滑去的。找餐椅最难，老椅子总让人正襟危坐，因而买几张新潮货先代替着，发现新潮和古董混杂着也不错，令人于沉着中有一点昂扬的意思。要将女人的琐屑风格安排在厨房里，让瓶瓶罐罐造成乱局。尽量避免塑料制品，花草和金鱼可令空气热闹起来。想一想，GOD的蜡烛飘浮在透明花樽水面上的设计如何典雅，若加上金鱼游动，就更让人心迷情醉。

房子，很快变成你自己的，它盛载着你的喜好与隐私，是生存的见证。确实，当你和它融为一体，那家具陈设的质地便是你的质地，它们的品格便是你的品格。你出门走路，无论去哪里家都是身后的一个定点，用无言的情感维系着你。

当日子的无聊本质又浮露出来，取代了初搬迁的惊喜，建议你放一曲古典音乐。就让音乐成为家中的灵魂缭绕不散。

我的风水观

不同房子住出不同的人。

这是我搬家的经验，次数多了，明白房子是有性情的，有的阴湿晦暗，像有机关隐藏在哪一处角落中，害你住得腰酸背疼，这时候你不免后悔为了便宜几个钱将感觉不对的地方租下来；有的被大楼堵得窗户无光，有的歪七扭八，这类屋子住久了难免心神丧失；有的滞留着前住客的污秽之气。因此，找房子，前住客是何许人也是满重要的。善良人待过的地方，那空气之温暖祥和，我用鼻子都能闻得出来。

当然，一般的人不会敏感这些分别的。

有一次，我刚进一处房子，便被什么呛着一般退出，那空气像是胶糊状，且尖利刺人，在门上，果然见一不知哪门派的宗教符号，它必定是某邪教徒的地方了。

风水我是搬家搬得信了的，人和风水的关系还有待研究。对于我来说，不同的运气时段，是与不同的住所相应的。心气不顺，任凭怎么跟着房地产经纪到处看，都是枉然，刚要订下一合意之处，一小时前它却已被别人抢走，像是躲着你。

找房子是难事，但千难万难，不免有一天随意间发现一处，你惊呼起来："这就是了。"如找男人。

于是搬进去，无论如何都是妥帖，是通透祥和，那窗前的青山朗月像是与你有约似的，这时候要庆幸自己鸿运当头。

情迷兰桂坊

兰桂坊是个浸泡人生的地方。

一个女子，不知哪一根筋触动了，要去兰桂坊找对象，每到深夜便整装而发，在兰桂坊的忽明忽暗的光线与花花绿绿的人群中左穿右插，熟练得像游鱼。次数久了，搞得人人都向她打招呼，原来，这城中有一个固定钻营兰桂坊的族群，算不得上等货色，她绕开了他们，只是朝假想中的目标前行。

在身体和身体之间跳舞冲撞就能碰上个桃花运?

一些女子真的这样以为。她以为缘分这玩意儿是由撞见人多而几率大增，以为杯觥交错间的调笑是真，以为追逐的目光是自身诱惑的反射，以为混合了荷尔蒙的空气是烂漫的。

当我和友人说起一些女人的“兰桂坊误区”，友人说:“泡吧是现代人生活的重要项目。”意即是我古板了。

好，让我继续说听来的故事：功夫不负苦心人，一天，那女子在兰桂坊终于遇到一个德国人，两相在跳舞中便扭结在了一起，心心相印，待得知对方只是个大学生，一夜情已是演变得缠绵不休。德国大男孩向她讲明不结婚，她还是生下了他的儿子，本指望德国人至少跟她相处到把孩子养成十岁，那男的却跑了。

德国人仍是纯洁可爱，回到他自己的生活中仍是条理井然的德国人，只是在兰桂坊抛下了一个有血有肉的凄迷故事。

女子独自养育着兰桂坊的儿子，变得老态龙钟，昔日的浮华乱象都在不良气色中暴露了出来——在憔悴的皱纹中。

兰桂坊，一个将生命拆散了又胡乱组合的地方。

害羞内向

“我小时候是个害羞内向的人。”友人说。

然而你看见的是一个在社会上长袖善舞的他，口若悬河的他。“想不到吧。”他说，然后介绍自己如何磨炼性格缺点，“害羞吗，逼自己当众演讲，内向则通过团队活动消弭。”

“这性格缺点有一个好处，就是擅长思考，并将各种知识及经验融会贯通。”他说。

如果你见到一个人突然变得张扬而直爽，千万不要被假象迷惑了，那可能是害羞内向者的伪装而已。数一数世间多少风头人物有着害羞内向的童年少年，只要翻看传记就行，总统、女权主义者、教派领袖、科学家、文学家、哲学家、大亨。

害羞内向一般与敏感有关，这类人不擅交际，有自卑感，应变能力差。或许正出于敏感，对外界刺激产生过于强烈的反应，才逃避周围世界以自我保护。与社会脱节，不免产生自卑感，而自卑感是上进的动力。这类人往往近乎木讷，有一个斗鸡故事或可套用一下：

在斗鸡场上，有一种斗鸡，看起来呆如木头一般，任凭其他斗鸡进攻而反应迟缓，但一旦行动，便是出乎意料的快准狠。“呆若木鸡”可谓最高境界。

害羞内向有利于深层次潜入事物核心，这类人通常自恋。“我”，确实是一个永远值得探寻的问题，从内心深处看世界，处处都是“我”的影像。文学家哲学家，正是在这一基点上思考写作，孤独对于他们是赏赐。

而对于在社会上抛头露面的人来说，还是动静皆宜为好。

在印度歌舞中

在印度餐厅，电视屏幕上的印度歌舞吸引了我。

便呆坐那里，直到深夜，印度侍应在甬道上跳起舞来，我加入了他们。

在印度音乐中迷醉是自然的，一个心里有爱的人，应该跳印度舞，而不是迪斯科或其他，就让自己随奔放淳朴的旋律向虚无延伸，再充实以原生质生命的液汁。

男印度侍应请我喝一杯酒，感谢我对印度事物的投入。

我从他身上发现一种温煦厚实之美。而平时又何曾接触这些人呢，在香港，有不少国家少数族裔，印度人、巴基斯坦人、尼泊尔人，在印象中，其异国情调除体现在食肆之外，便只是在旺角的风味地摊及一些零杂货店子。由于教育受限制，他们无法拓展个人前程，只在社会边缘阶层散落着。

在香港生活挺好，我采访过的少数族裔人士都对我说。

像大墙下的小草一样自生自灭，而无所怨尤，那乐天性格后面其实是有着幽深绚丽的背景文化的。以印度来说，一个浸淫了宗教的国度，那里有释迦牟尼悟道的菩提树，往树下一坐便心地清明，佛塔寺庙披沥着古老祥和的阳光，令人生迟缓。奥修，我喜爱的哲人，便出自印度，他说:你生来就是一个无足轻重的人，死了也将是一个无足轻重的人。无足轻重是上帝赐给你的自由。又说:就让生命成为庆典。在印度歌舞中，难道不也体现出一种民族自得无碍的本质况味吗?

全世界的人，根本上是通过文化艺术连接在一起。在偶然的餐厅场景，我和印度侍应一起跳舞，沟通着生命的狂欢境界。

监　狱

某香港议员竞选成功，满面风光，他三年前的一段监狱史被淹没了去。

一条汉子又立在演讲台上，大众将信赖的目光投向他。监狱，作为一个人物的背景，不尽然是晦暗的。我又想起一党派头子，入狱出狱都有盟友相送相迎，他和他们何等默契。他说："搞政治的都得到监狱里住一阵子才好。"盟友点头欢笑。

在多元化时代，监狱是再也没有了既定含义的，当人世间只有目的与手段，监狱，你便也可以从多方面拆解它。它可以是霉运者的陷阱，精神无落者的庇护所。要是你明白世界上到处都是自由的栅栏，人，永远也逃离不开心灵的监狱，现实监狱便也显得不那么可怕。它又可以是锤炼英雄的基地，数世界名流，多少是监狱出身，甘地、曼德拉、苏辛尼津、哈维尔。

何况，人人都是带着潜意识与人性的罪的，弗洛伊德说人性本恶，永远需要更高的权威管制?

现代监狱是融入了日常生活中的一景，不再壁垒森严。每当我经过赤柱或大屿山监狱时,不由感叹“风景这边独好”，将它形容成“人道避暑山庄”似乎是没错的。在中环昂贵区域，有一间域多利监狱，算得上名胜古迹，我有一个朋友就住在旁边楼厦中，在朋友家窗户望去，那运动场子真是辽阔，时而有囚人列队而出，在夕阳的烂漫光线中踢球，一派和平自在。

当我这样说的时候，怀疑自己是不是也有一点监狱情结呢。

欲望果实

一些女人要做妈妈的心，是风刀霜剑也拦不住的。

没有结婚对象，怀孕了，腹中那块肉是自己的，生下来就是，哪怕是个一夜情结果。

我周围几个女人都是这样变成不婚妈妈的。我去医院探视过一位，情形是孤零零的，生产过程的照片欠奉。当时，只她一人挣扎着，那一夜情男人早已不知去向。但女人安详平和，壮大的腹部经过撕扯一番，空空洞洞地充实着。

如果和她谈论将来日子怎么办，是没意义的。她一心只在婴儿身上，那玻璃房中一小块会哭的肉肉，将其揽在怀中，便流出了幸福的乳汁。

生育本能是奇怪的。据说，不少单身女人到了 36 至 38 岁间最为翻腾辗转，急于要抓住一个男人填补子宫恐慌，这时节，随便什么烂男人乘虚而入，都不无机会的，只要讲一句“我们生个孩子吧”，女人那爱情便也劈头盖脸支付了过去。结果呢，当然是爱情成功率比怀孕小得多，而一个孩子，算是烦闷人生结出的果实。

孩子，永远不会像男人那样背叛她。

一个信念是坚定的：要为孩子生存得好。母亲的目标方向清楚而明白，责任感令她有了一点做人的威严。

看到这样的母亲，我总觉得，冥冥中定有助力，可以令她们跨越万丈沟壑抵达彼岸的。

政客面谱

一串政客印制在立法会选举标贴上，满街都是。

比平时亮相要令人顺眼得多。这要归功于摄影师，将他们整弄得个个一脸诚意，不知道用了什么光线技巧，那争斗攻讦痕迹是不见的，取代以服务大众的微笑与承诺，而又不能像商界广告过分讨好，于是，他们是坦荡荡地将自信示人的，再呆板的眼珠，也有一抹温和之气，“香港明天会更好”的旗帜，就在那凝神专注之处。

要赢得选举，面孔战也是一环。面孔，和证件或标签一样有说服力。

在台上不在台上，一些人是迥然不同的。想起一位党魁，九七前何等雄姿焕发，中央内定的首届特首名单中有他一位，当黑马特首胜出，他就泄气了，又立法会选举落败，那面孔更如泥塑塌陷一般。有一次，我在地铁遇上了他，不由喟叹，这不是一位街坊阿伯吗？

心随境转，那位只有政治才令生命发光的人物，还上电视当节目主持人，在节目广告中，一张可怜兮兮的头脸被衔接在蜜蜂身上，“嗡嗡”地飞来飞去。他骂政府，与昔日政敌勾肩搭背，当然，这些都是再无社会效应的。一股子戾气扫荡在他的面孔上。

我不明白：为什么有的人不懂得为自己保存一点什么呢？

素质！素质不高的政客，当他置身荣耀与幸运中，一张煞有介事的面孔是可以掩饰了其他的，若要面对真实自我，就无所适从。

面孔，出卖一个人如此无情。在政坛上，有形形色色的面孔，你尽可观赏。

乳房进化史

女星的乳房，是一个社会聚焦点。

记者将镜头对准它们，有时候是恶作剧的。“哗，露晕！”按照这解说词，仔细一看照片，还真有那么关键的一点褐色，在与胸罩混战中，泄露出来。

女星是在某场合癫狂着不自知的。

一个女人，真的就这样弃守乳房阵地了。

乳房，字典称“分泌乳汁的器官”，又被诗人吟诵为“生命之泉”“比玫瑰更美艳”。生理性存在，加上一点诗情画意便不同。如今，那神秘轻纱正被一层层摘去，集体麻木的乳房，女星要背着它们投入竞争，不将大众视觉快感磨耗殆尽决不罢休，隆胸术美胸术五花八门，令这一区域变成鱼龙混杂的大市场。

女星本人，在沉甸甸的乳房后面不知去向。

要说乳房的震撼美，我倒是想到电影《巴黎圣母院》中的艾丝美拉达，在法国中世纪的城堡背景中，桀骜不驯的乳房，和生命力的张扬是相衬的。

乳房最忌功利化。一位沉息影坛经年的内地女星，最近在国际电影节露面，罕有地让一双乳房几乎从二十万元旗袍中蹦跳出来，加上一脸期待拍新片的神情。记者还请来整形医生给予品评：水蜜桃奶；36D；圆锥状，因地心引力呈水滴形。我想那影星也是时势所逼，年龄一大，便要靠乳房拼出去了。

无可奈何的乳房，对于女人来说，令它麻木的最大因素，大概还是与没有爱情的性欲联系在一起。

董　太

幸福是一个更属于女人的词。

女人之间攀比幸福，是无奈的：一个安乐窝，往往彰显了生之郁闷；男人事业固然兴隆，但忙得令女人只是每天见到一张回家睡觉的脸，婚姻也就意义不大；要与情敌二奶搏斗。何况人生问题，是潜伏在不同的时段的，今天的幸福往往预示着明天的磨难，你要足够侥幸，才能穿行一生而从容稳泰。

我想起一个女人。

一个家常妇道型女人。当她在礼宾府出现，人们上下与她打招呼："董太。"她穿过一张张笑脸，到自己的办公室去，它位于董建华办公室隔壁，"行政长官夫人"是她的职位。

有一次我去她那里。她有一种恨不能紧握你手的热情劲儿，开心之际眼角翻飞。我说她的特首老公一辈子维系她一个女人，仅这一点在香港便令人称叹。她承认说：“我是一个幸福的女人。”又补充，“幸福也要努力维系的。我嫁了个好老公，但是，缘分、爱情甚至面包，都不足够。”

还要什么呢？她在帮丈夫打点着江山。

在办公室，她经常是看一看报纸，香港哪里出现什么情况，便联系人马解决。“这工作没有时间表，自己逼自己抓紧，没人逼我交功课。不喜欢的人不见。那叫快乐，叫满足啦。钱，名，我都无所欲求。”她说。她的所做，与自身天然的助人型人格性征是相应的。在丈夫当上特首前，她一个家庭主妇便在社会上做义工。

平时，她跟随丈夫出席各场合，两相如影随形。我又想起一个镜头：元朗某山地驻军举行仪式，董建华昂然静默地出现在人群夹道中，紧随着的她，不停向左右握手，说“唔该（对不起）”。每一只伸过来的手都要握到。这一份耐性，也真亏了是出于辅助老公，愈辛苦愈幸福。

当周围女人讨论幸福字眼的时候，我向她们提及董太。

我的毛毛

在南丫岛海滩，见到一只狗。

白底黑斑，不是毛毛吗，我十多年前在南丫岛养过的狗。我奔了过去，不，不是我的毛毛，那白底黑斑显得崭新了一些，像个机器狗。

但大叫一声“毛毛”，大地都要涌起悲恸。

毛毛出现在我年轻而热情的岁月，它是弃狗，草率地住在某渔民家门口，我一挥手它就跟了我回家。它怯怯而逐渐欢腾的脚步，与我不离不弃。从它身上，我知道狗有了关心它的主人，胆子会变大。别的狗挑衅时，它不再躲闪，而是“呜呜”地叫着，一边回头找寻我支持。有一次，我回到家，它不舍得出门玩去，只围着我撒娇，又憋急了尿，竟然腾地跳到隔壁人家阳台解决了。

后来带它去城里，住水泥森林，它就变了性子，在沙发上尿了一次又一次。

有一次上班去，将它锁在门外，示以惩罚，回来就不见了它。

到处奔波寻找，简直要把香港给掀翻。它又回来了，拖着一只被车撞伤的腿，不懂坐电梯，却懂得从哪里踅进曲折复杂的楼梯口。

那不知让人哭过多少次的毛毛，我将它送回渔民家。船一到南丫岛，它就奔跑跳跃个不停，大自然是它真实的故乡。

如今，我后悔曾将它关在门外，令它要在车流间狼狈地穿行；后悔它被自己带进银行，要小心地察看人们的脸色讨好着，以免遭到哄赶；后悔冬天没将它的窝弄暖和一点，害得它趁我不在时蜷到床上睡觉，待我回家，又要闪身下来，像小偷一样；后悔因工作忙，把陪它散步的事经常省略掉了。

死了，听渔民说，被渔农处防疫队弄到哪里烧了去。人世之烦嚣，早已将这一往事掩埋了的。

但白底黑斑狗又回来了，像那逝去的岁月，一闪。

触摸生命巅峰

《攀山168小时》，创下英国纪录片票房最高纪录。

秘鲁安第斯山脉21，000英尺的高峰，攀山爱好者辛普森与耶茨，在死里逃生之后，写下了它，过程又被拍成纪录片。我观看，便知道它是生活翻版了。

两人由山峰西侧攀越，那一条路线，据史载，仅1936年被德国人征服过，此后大半世纪不知多少前仆后继者死在途中。辛普森与耶茨，用锹和斧在山上开拓着，脚印转瞬便被雪崩和风暴淹没。而山峰的另一面是人世凡俗景象，道路通达，人们带着狗上山顶漫步。

社会上不也如此吗，一些人选择艰险的路，才能实现自我价值的最大限度发挥。

合作的攀山者，凭一根绳子牵系着。辛普森掉下悬崖，被绳子悬在空中，另一端的耶茨迫于求生，割断了它。

一幕日常情景：在你处于危难时分，才发现维系你和周围人的绳子根本是虚拟的，人性本能如此，大家在互娱互利中一切无恙，但是谁也不要背上另一个人的负担。

冰渊底端的辛普森，面对透彻的黑暗冰冷，哭道：“究竟为什么要来找死？”

人性在死亡面前是脆弱的。

那见不到边沿的冰渊上方依稀有天光。他拖着断腿，往笔直的冰壁上爬，在没意识到可能性的情况下，爬上地面。四下雪山固然美艳却仍是杀气腾腾，没有食物，那跟随着他的死亡之神，只化成一个声音：“走吧，继续。”他滚爬踉跄。

一旦他向晕厥投降，便要和土地化为一体。幻觉中有歌声和潺潺流水。

人的潜力是神奇的。心理学家说，只要心理上不松懈，便可以创造可能性。意志，意志如此关键，生活中的成功者，往往要通过生存意志的严酷考验。

再回望一眼，或许，那巅峰景色格外有一种融入生命之美。

到处是距离

中环好莱坞道，走来一位熟人。

我刚想打招呼，又止住，他只对我来个迎面不见，低着头，被寒风吹袭一般踽踽独行。一位香港传媒界长辈兼散文家，我目送着他的影子消失在街角。

想来他是投奔了某古董店而去。犹记得一次，我采访他，他忽地打开办公室抽屉取出一把中国扇子（印有古代美女和花朵），说："整个中国文化都有一种渊源在里边。"

在他的谈话中，反复出现两个词：距离与公平。"西方人与人之间关系没有东方人那么复杂，距离很远，这东西很好用。"他说，要有距离，而且是实实在在的距离，可令文学写作有深度，否则，一味投入，弄到要靠东方文化"超然"或"形而上"一类化解，那些就都是虚无缥缈的了。

“可是你的某些文章给人一种虚无缥缈感。”我说。

“西方有一个形容词：philosophical，指用一种比较有深度的思想体系看事物，它也是一种虚无缥缈，和东方的philosophical距离很大。东方philosophical很真，很玄；西方的philosophical有点sarcastic（讽世），还是很入世。”他说，他自己还是受西方文化影响比中国文化大一些，用前者诠释后者，有一个较大的文学景观。

难怪他不赞同文学的全然虚构，认为建基于真实人事才是好作品。“当你全然虚构，就要想一想公平不公平。”他说。公平，一个无比清峻的词，也是他的价值观重点，与“距离”相辅相成。可能是因为他出身传媒，处理新闻，客观要求高。难怪他的文章总是不轻易下结论，以含藏为特色。又一想他坐在传媒要位几十年，如果不是抓住“公平”这一底线，如何撇清人事侵扰。

一个通过扇子凝视中国文化意境的文人，和传媒人形象地联系在一起，在时代的风中被吹袭着，也是一番自圆其说。

摄影师

巴士上，遇见一杂志摄影师。

他说他不快乐："当你刚拍完一百张唇膏，还能怎样呢？"

我认识的摄影师们都是如此沉郁，他们与拍摄对象难以协调。我指的是有文化责任感的摄影师，一种观念仍然影响着他们：一张好照片，离不开真诚情性。

他谈起自己的工作是什么呢？如果大众认为唇膏重要，那么，拍它的光泽与艳丽就是；如果某女星坚持要将自己美化得哪怕虚假，技巧不是很多吗；还要学会漠然。还拍过裸体照，女孩子刚躲在角落里哭过，却不能拍伤痛，只拍性感迎人的一面。

一度将心思放在风景上，但香港山与海，与挤迫匆忙的人生相映衬，要拍出沉实大气的效果不易。《廊桥遗梦》中的金凯，《国家地理杂志》编外摄影师，带着一套沉重过时的莱卡机器，宛如本世纪最后一个牛仔，在名山大川与国家民族的皱褶间自由奔驰，自有一番风姿，而他人难以企及。

而在人类历史上摄影曾经是重要的，捕捉瞬间，捕捉人物事件，捕捉真实严肃，捕捉伦勃朗画作般的轻柔意味，捕捉时代历史。照片经暗房印染一旦成就，便无可更改，具有神圣质量。数码技术淘汰了这一切，甚至战争场面，也可以杜撰，最近，不是有伊斯兰分子拼接出一个人质被美军斩首的照片吗？

当人人手持轻便数码相机闪耀出一片浮丽俗艳，摄影师在哪里？

巴士上的摄影师，我循着他的目光一看，果然到处是构图：疲累木然的乘客，车窗外的金属色楼厦与商业招牌。又恍然警悟，一个凭视觉敏感为生的人，不快乐或许在于：他无处可逃。

大圆满

致电李泽厚教授，他的眼疾又加重了。

再不能经久看书。黄斑裂孔，难以治愈。一个哲人，就这样被造化玩笑了一下。犹记得两年前他跟我提及（神情是平和的），或许是与他相伴相随的中国传统的“乐感文化”圆满了他。

在造化的玩笑面前，俄狄浦斯王式抗争是过于悲剧的，而“乐感文化”境界是“天地与我合一,万物与我共生”，即便生死又于我如何，一切都可以收拢在审美心态中。李教授选择的方式是游历古迹。想当年，我陪伴他和他妻子，一起登上世界七大遗迹之一吴哥窟，在残垣断壁间，他流连忘返，仿佛回到了家。

这一时代流经他，让他有一些光怪陆离。他说道：“物质丰富了，灵魂堕落了，一切解构了，传统价值观失去意义，正如有人说‘情书才是最好的哲学’，后现代主义强调不要把握什么，所谓的本质、意义、精神、深度，统统见鬼去吧，艺术成了装饰，后现代主义最大的功劳是消解，消解各种传统理性和权威，但这之后怎么办？”

于是提出：“回归古典，超越后现代，重新寻求生存价值与人活着的各种问题。”

“西学为体，中学为用”，理性改良主义是他的理论核心。

有一瞬间，我见到他用手触摸着佛塔及雕刻其上的一张张微笑的脸，而夕阳从石像折射而来，将他与神灵的神秘微笑融为一体。

不由想：不，那黑幕永远不会拉下来。

写作是美容

在写作中抬起头来，见到自己的镜中形象，是满意的。

生存曲折错落的纹路已经消融到文字里，我，在写作一本自传体小说。

萦绕于昔日和精神世界是美丽的。我再生了一个自己。朋友见到我，说："美容方子拿来。"

"写作。"我说，"写作是美容。"

大凡杰出的文化人，总是令人印象不俗，如马友友，你很难想象他的老朽模样，音乐旋律在他身心内外洋溢着；又看那些画家，老当益壮，必定是运笔之际，气脉贯通，其中自有"身心脱落"，"臻于化境"。一个大禅师，或宗教家，当然都不会是灰头土脸一族。

如此一想，费心美容术之人，大可将金钱投放精神，买一些好书读一读。在社会场子，很容易便落个心神困顿，还有一个简易方子；或可尝试：收集古董或其他事物，形成癖好。古人说：“人无癖不可与交，以其无真气也。”说不定，你的癖好物便有一种美好的特质养育着你。

心念最重要。实际上，即便你是机构上班族，如果对自己的事业投掷以一派热情，也可以令生命飞扬起来，当然，那热情是要与一种责任感或理想结合的，而不尽然在物欲中打拼。总之，生命的美化方式不一而足。

一个人的节日

年龄愈大，各路节日愈是显得纷至沓来。不是刚过了国庆节吗，还有中秋节感恩节之类，而圣诞节就给一年来个一锤定音了，你来不及感怀，因为接下来又是春节，那一家人团聚的喜庆才是重头戏。这两个节日让我们对时间流逝有个渐次适应的过程，让新的一年来得迂回婉转，不那么横插直入。

从前我喜欢一个人过节日。记得有一年圣诞节，正在家中听美国民间音乐，望着窗外暮色渐浓而沉湎其中，突然电话铃声大作，原来是一圈人在聚会，于是赶过去，过了约定时间，招致群体埋怨。这圣诞夜不比平常，只能早到不能晚到的，那圣诞树和彩灯再加上觥筹交错很是令人心生温暖。后来每到圣诞节，我都要吆三喝四地去酒吧狂欢，形成习惯。

哲学家亚里士多德说：“喜欢孤独的人，不是野兽便是神灵。”这节日的独处尤其需要非凡的特质。我认识一个画家老人，每到春节便将门关紧，请亲戚朋友统统不要打搅，他拒绝的也是大众化世俗化的狂欢状态。“春节是全世界最大的行为艺术，不是吗？”他说。他是艺术家吴冠中。

节日，对于大众是一种洗尘，我们都习惯了以热闹装饰孤独，在普天同庆中寻找归属感，但时间溜走的步子一点也没有因此放慢。如今我经常觉得一个圣诞节是重叠着另一个圣诞节的，一个春节也是重叠着另一个春节。一年究竟有什么成果呢？回想起来很是茫然，看来要找一个特殊的过节方式好好检视自己一番了。

金童玉女

金童玉女影星夫妻离婚，殃及蜡像馆。

蜡像馆本来是将他们塑造成连体的一对，如今要卸下男星的一只胳膊，重塑女星，这样一来耗资不菲。

都是为着相信金童玉女的神话。

这神话哪怕是用蜡像浇铸都还是要破裂的。据说，影星离婚，有两个因素至为关键：

一、拍性感戏。情感出轨便有了机会。

二、赚钱能力高。巨大财富令婚姻变得缺乏耐性，而更多的是充满欲望。

金童玉女影星夫妻离婚，男星一挥手便将豪宅掷给了女星，毫不拖泥带水，比起社会上因财产问题只敢包个二奶将就的男人，很是显出气派，当然这笔钱可能接拍一部片子就赚了回来。再说，分分合合将名气闹大，事业便又上了一层楼。女星不是紧接着要拍片子讲述她的离婚遭遇吗？女星自从婚姻破裂，由小鸟依人派一跃变成了演技派。

这也是被婚姻压抑的生命本能来了一个漂亮的反扑。

可见影星离婚，痛苦归痛苦，那生命的光彩到底也焕发出来了。

大抵因此影星离婚后一般仍是朋友，离婚不过是中转站。影星率性而为的感性特点，在婚姻中是往往找不到归依的，除了因此他们懂得互相包容。只有经过离婚功课，人性才算得到锻炼。

影星离婚应该还有一个因素:不自觉地要模仿电影的婚外情故事。模仿是他的工作，不是吗？有了故事便有了起承转合，生活便与电影也不相上下了。

还是那个人

她遇上十年前的初恋男人，发现什么也没有改变。

他像是穿得成熟郑重了一些，还是那张脸挂着那副神情。他们略谈几句便大笑起来，是捧腹大笑。从前他们便惯常以互相讥讽取乐的，吃一顿饭工夫他便将她当成自己的人了，她也是，陈旧的温馨感挥之不去，他们在镜子前并肩而站，便看到一张贴切的婚姻照。

抵达这场团圆之旅是一个圆圈，十年了，她嫁了人出国，又离婚，他也在其他城市另组家庭，她回国后，一位共同的朋友将他的电话给了她，于是再续前缘。

回忆是共同的话题，“当年你为什么竟跟别人跑了？”他问，她说：“你又没有努力挽回我！”他说：“那个年龄我们男人真是什么也不懂！”她说：“那个年龄我们女人一心以为跟了别的男人就能令自己变成熟些。”

都像是年轻的错误。从前他们曾拉着手散步，她还是习惯地拉他的手，她不安于自己老了，他便安慰她说：“你比从前更漂亮。”他说起她送他的皮包旧损了，可是他还用着。她说起她曾称呼他的绰号，还有一些误会，以及被时光掩映而显得有趣的小事，等等。

有一段惝恍迷离的十年经历横亘在两人之间，但它并不构成障碍。他们闻着彼此的味道便又像重合了，那是家园的味道，也是救赎的味道。他发现她变得明朗爽直了，那也许是因为她在西方文化中浸润了一番，他很喜爱这一点。他决定离婚再娶，和她白头偕老，这正是人到中年想要遵循内心的真实。

什么都没有改变，都还是那个人。

声　音

男人说话，声音洪亮，简直能把墙上石灰一片片震落下来，女人听了，不免心动，我开玩笑说:“你是所有公鸡中打鸣最好的一个。”

洪亮的声音并不性感，它只体现一个人脐下丹田中气十足及正义诚实，是个实干家。而性感的声音是深沉的，略带沙哑，更兼疲惫。我曾经喜欢过这样的声音，一个沧桑型男人，总是带了一本凯鲁亚克的《在路上》四下流浪，他懂得用声音勾引女人心酸的爱情。

单纯的声音和市侩的声音，听起来是两种，没有生活阅历的男人，无论如何造作老成，声音不无稚嫩，令人不以为然。而一个混社会的男人，声音总是混浊粗犷的，他们代表了俗世的强大力量。

从我个人来说，不欣赏过于流畅的声音，那样的声音听起来不无聪敏，但缺少含蓄，缺少韧性，令人觉得他是过于浮游于生活表面了。在我和租房经纪打交道中，往往听见这样的声音。

有平稳的声音，说明正直的性格；也有抑扬顿挫的声音，说明其人有罗曼蒂克倾向；有尖锐的声音，显得神经质地要和你把真理越辩越明似的；有愚钝的声音，说明脑神经的残缺，或身份地位的微不足道；有和善的声音，是即便胸腔共鸣发出而带有温度的；有冷酷的声音，有轻率的声音，有不知醒悟的声音，有人格圆满的声音，有技术化的声音，有刚毅木讷的声音。

文人的声音，往往在众声喧哗中一下子被我分辨出来，我当记者时打过一个国家文化部长的电话，听起来像撕破了扇子，吱吱地，体现他即便人在官位，实质上还是个文人，总是要躲在阴湿角落思考一些什么。

大部分传统型文人的声音总是体现了对现世的无奈，尾音衰弱，散淡地，没有很强的目的性。

从声音可看见形形色色的人。

肠胃爱情

“要抓住男人的心，先抓住男人的胃。”一年长妇女谆谆告诫道。

她以会做各国菜式自豪，并指出：街上“阿二靓汤”为什么出名，有一个典故：“阿二”即小老婆，小老婆为了令男人离不开她，变着戏法煲汤，此谓“阿二靓汤”。

我们入店内坐下，点了杏元凤瓜炖水鱼，雪蛤红莲炖鹌鹑，品尝之下细腻清甜，而我还是不解：

爱情那么美丽，何以落实在肠胃上？

对于香港人来说，大热季节的一天劳顿回家，汤水是必不可少的，广东女人一个个身怀煲汤绝技，不同季节不同体质，在汤中如何搭配用料，都有讲究，陈皮生姜蜜枣是看似无谓而必放的，绝对弃用鸡精味精，你去大饭店都喝不到此等的原汁原味。在女人的汤水哺育下，男人十分惬然。

倘若他对汤水的味觉没变，他对你的感情也没变的。

因此你要加一把劲，在汤水中暗自生化无穷，他上火了你煲鲫鱼冬瓜绿豆汤，他感冒了你煲黄芪母鸡汤。不宜太急太过，要一点点地来，避免虚不受补，平衡阴阳，调和气血，通晓汤火的寒热温凉各性，对症煲汤，对脾胃肝胆腰肾心脏各个击破，男人只有在身体里面润实了，身心舒坦了，才把一份多出来的感情放在你这个小老婆身上。

我想起一个已婚男人，最近为抛弃他的女朋友伤心得不能自持，找我诉说了一下午，而一下午的诉说中，我竟能数得出十种又香又浓的汤名来。

煲汤是高深技术，让男人不能自拔。

中年人

迈入中年人的世界，是可怕的事情。

当然，一般人都是在不知不觉中，完成从青年到中年的过渡。人到中年，生活变得实际而具体，理性沉淀下来，经验和智识令一个男人倍增魅力，然而，可惜的是，他已经不会感动。

他会习惯地分析及怀疑，将生活当成一件件事情去处理，当一个孩子，掉入海水呼救，最先跳下去的不是中年人，他会判断海水温度及自己的体质，再作决定。

总之，没有什么可以化解了他。年轻人，能看见月光和蓝天，而他看见的是月球和宇宙；他说“我爱你”，更多的意思是“我喜欢你”；女人的乳房在他眼中是在逐渐下垂的过程中，美丽也无非是五官排列问题。电影中有一个镜头：

美丽的女间谍身份暴露，按指示被秘密处决，持枪的年轻人手在发抖，枪响了，扣动扳机的是中年人。

年轻人刚去机构工作，不可神气活现，否则被中年人投以讨厌的目光。中年人的意思是：你还早着呢。

年轻人挥霍着惘然无知，中年人则要靠心理医生护航了，在机构通常是上司，要在下属面前保持尊严，回到家中是顶梁柱，要令亲人有安全感，要生活有规律，饮食清淡，每周留出一个时间段打牌喝酒，以保持轻松愉悦。他还要有空学一下琴棋书画，并不是返老还童了，而是青少年成长期的种种污迹都会遗落在人到中年的意识明镜中，要“时时勤拂拭，勿使染尘埃”。

年轻人总是为前途担忧，中年人则为如何令安息碑文写得更满意而做着准备了，貌似从容不迫的，气定神闲的，有的追求名节，有的开展婚外情，以便殊死一搏。那吟诵“停车坐爱枫林晚，霜叶红于二月花”的，自然也是中年人。

猫和狗的结合经验

嫁了洋人的中国女作家，问她异国情缘心得，她说："好比猫和狗的结合。"

只一句话，令人惊笑，她又举例：一天，她为日常小事和美国人老公怄气，哭了，伏在椅子上梨花带雨的，老公过来安抚，她说："不要，不要。"老公便走开了。而倘若是中国男人呢，就一定明白这"不要"的意思就是"要"，是为了面子的撒娇，会更不由分说地安抚她，化干戈为玉帛。

美国老公这一走，便彻底从她心中走开了。

她不会再跟他贴心贴肺，不会再耍小心眼。文化差异对于一桩婚姻来说，是全新的体验，需要双方改变原来程序进入一个全新的范畴。在全新的范畴中往往是中国人更容易面目皆非，不知是否和国民性的温和附庸有关，鲁迅有言：中国人因了巧与猾，善于制造瞒和骗的艺术。善于在灰色地带讨生活的中国女人只要避开西方男人的思维模式死角，照样能把一段关系玩得转。

女作家和美国人老公在一起二十年了，婚姻稳定。

秘诀？“美国男人尊重女人。”她说。在她的笑靥后面我看到了阿Q爱情胜利法。

自欺欺人，假作真时真亦假，浑水摸鱼，瞒天过海，大智若愚，欲擒故纵，阳奉阴违，笑里藏刀，这一套套的中国人的智慧拿到西方社会尽管施展的场子大为缩小了，但也不是无计可施。女作家又说了一例：吃饭时为美国人老公搛菜，他会抗议人身权益受到侵犯。

那么中国女人怎么表现才得体呢？“无为而无不为。”女作家说。我猜中国文化的课题对于她的洋人老公永远是个大神秘。

浪漫图书馆

小时候，志向是当图书馆管理员。

犹记得在家乡的小图书馆，那个负责借书的女同志齐耳短发，有一张不高不兴的脸，借书的小窗口很高，我得踮起脚尖，才能望得见那张脸，以及后面一排排散发着马列气息的书架。当然，借的书以革命故事为主。每次限借一本，我一天借两次，到小窗口去总是怯生生的，心口通通跳，不敢看借书员无情的眼珠。

但那是我成长年代重要的窗口，趴着窗口弄到一本书，便将世俗生活丢在了脑后。从书中得知，地主一类总是穿着长袍马褂；好孩子时刻警惕阶级敌人动向；思想不好或有资产阶级情调的人，最后总是被革命群众教育了过来；有一小撮彻底滑向毁灭之路的，他们以知识分子居多，喜欢留分头，架一副眼镜。

春天到了，看书格外的勤，一头扎进外国书籍，《基督山伯爵》《海底两万里》《福尔摩斯探案》《尼罗河上的惨案》，前苏联的文学作品。那时候中国已经改革开放。有一天，刚借到手的一本什么书掉地上了，低头去拾，一只皮鞋踏在书上。

那是一只真正的牛皮质的黑皮鞋，鞋身沉重泥泞，百分百男人感觉，显示其主人跋山涉水走过了很多路。他是谁？我不敢抬头，我知道他在注意我，或许跟踪了我许久也说不定，只一瞬间我便长成了少女。

没有任何书中依凭的，没有文字预兆的。

我奋力将书从鞋底抽出，惘然环顾，小图书馆仍是空落落的，那大半辈子固定在窗口后面的借书员突然老掉的脸上仍然挂着寒霜。

巴士站的发现

一个平常的午后，不远处刮来的风带着温和的凉意，我在巴士站候车，照例是背着去报社上班的大皮包，倚着金属栏杆。忽地，心里一动，宛如从一个沉湎得太久的梦境中醒来，依稀地想抓住一些念头，却又是空空洞洞。我是谁？

一秒钟，它消失了。

剩下这个日常生活的我，在巴士站周而复始地等车。

回想小时候，学会走路不久，第一次走到家门口，面对街道和行人，也是如此发问：

这是在哪里？为什么我会在这里，而不是别处？我是谁？我活下去会是什么样？我从哪里来？为什么我是我，而不是别人？过去和将来是怎么一回事？

一晃便到了今天，人生每个时间段都不可以抽取出来研究的。

在巴士站，等车的人们大抵和我一样麻木不仁，甚至于，你随便选取一个人盯着他，一直盯下去，他就有可能是神经病。果然耳边传来叹息，环视一下，一个等车男人在自言自语，我以为他是抱怨巴士迟迟不来，他却说：

“过年了，生菜要涨到四元五一磅，早点来买啦。”

原来是个菜贩。一个平常外表下的神经病又亮了相。他在上巴士时又说：“妈妈怪我找不到对象，我今年三十一岁，还没有拍拖，令人见笑，可是你们知不知道，有一次我借了老板的奔驰开在街上，随手一招，就有三五个女孩冲过来。”巴士载着我们朝固定的方向行驶，所有人都睁着眼睛睡着了。

情欲面孔

时有灿烂的场景。

出现了一下，便消弭于记忆了。譬如，某年某月某一天，在尖沙咀轮渡的甲板上，我看到一张阳光下充满情欲的脸。那张脸对我并无意义，我还是为之所动。

是西方人，一望而知是美国人，坦荡无邪地将他的神情转向我，仿佛说："I want to fuck you。"我也微笑，将目光转向浩渺莫测的维多利亚海面，不用说什么，生命充满了，自然流溢出来。我微笑得如同剽窃了上帝的一个小秘密，那一瞬间我是女子，也是儿童，也如老者若有所思。

讨厌！无聊！

我不也是如此训斥过男人么，在成长的年代，不论是在公共汽车上还是在街头巷尾，对异性的肆意目光总是不无愤怒。“男人都是坏的。”小时候就听妈妈教育说，男人世界，和不怀好意联系在一起，男人似乎生来要占女人便宜，要行玷污之事，而女孩子则只能是防卫。想来除了“男女授受不亲”的古代影响外，中国从“文革”的清一色意识形态再到改革开放，在社会无序更替下，男人们也落得一个个面目突兀，惹人生疑。

从面部结构说，中国人轮廓模糊平滑，似是而非，呈传统文化压抑三千年的含蓄或内敛格局，不如西方人起伏有据，导致在传情达意上似乎显得不那么光明磊落。犹记得我和初恋对象在一起时，对方眼角异光一闪，算是爱上你了。我们不知道为什么分了手，也许是我认为不应该发生和床上有关的事情。

然而，在河流追寻纯粹流程的人生中，终究有一天，在同一片天空下，我为一张明确的情欲面孔而感动。

瞬息风光

是否每个女人生来都有当公主或仙女的欲望?

云彩一般迤逦的白纱中，她可爱的脸蛋展现出来，向远方微笑。是女人理想中的自己吗?

她的陪衬人——丈夫，在她身边，那是婚纱照。拍婚纱照，将自身美美地发泄一下，以提前弥补青春即将不再的惆怅，人生，俨然也风光了一阵。

我认识一个女人，她酷爱自己的丈夫，当然她更酷爱自己，是个霸道型女人。在她家里，客厅、卧室、书房，挂满了形形色色的婚纱照片。照片上的她仙女一般飘逸，公主一般明丽动人。平常专横强悍的神态不见了,她换了一个人。

她指着照片不放心地问我:“像不像?”

我遗憾地回答:“不怎么像，确实不像。”

在生活中，她与丈夫时常吵闹、打架，在这之上是婚纱中动人的微笑。

女人当然不以为然，她们从来不在乎将人生过于美化。而试想一下在拍婚纱照中，其艰辛也是不足为外人道的，女士们不仅要操持服饰和化妆造型，还要让姿态手势嘴形眼神等等和镜头进行整体配合，任凭你什么样的女人，摄影师都按照淑女型或高贵型去将你打造处理，这样才会替你为子子孙孙留下大可尊敬的形象。

近年世风开化，拍婚纱照也有了一点点性感的空间了，摄影师格外要处理得当，或用上写意手法，以免有挑逗之嫌，只停留在“欲说还休”的分寸上即可。

不过，摄影师再劳苦功高也无济于事，往往是和手术医生那样要被女人赶紧忘掉，不予感谢的，女人们巴不得婚纱照中的自己是真正地横空出世呢。

悲　怆

生活的可怕之处，是平常细节下潜藏的悲怆。

看到某女星嘎嘎笑着，将身材在摄影机前转来转去，以示没有经过整形加工的天然，我替她感到悲怆。美变成设计，是悲怆。

订婚晚餐中一笑，牙缝夹着一根韭菜，是悲怆；夹着韭菜接吻，是悲怆。

将自己成天打扮得亮丽，却不去揣摩亮丽后面没法子掩饰的沧桑，是悲怆；卸了妆时，不再在镜中端详自己一眼，是悲怆。

排尿时发出的声音很粗鲁，是悲怆；惊叫起来，想起赶不及做头发就要赶赴约会，是悲怆。

年华半老的媚眼是悲怆；装作生气，一撅嘴唇牵动的满脸皱纹，是悲怆。

相信自己身上新长出的瘤子不会变癌，是悲怆；相信真情，是悲怆。

闲来无事时翻看一本算命书，是悲怆；刚离完婚又直奔教堂，是悲怆。

春天来临的时候，仍将门窗紧闭，是悲怆；还没到冬天，便用一层又一层的毛衣将自己保护得好好的，是悲怆。

悲怆说不完的。只有在特定情形下，一刹那的感受，才能将悲怆描绘出来，而日常生活间人人笑逐颜开，不觉得有什么不妥。一只小兔的眼睛，呆呆地转向猎人的枪口，是悲怆。当人活在自以为是的懵然不知中，真悲怆。